U0931442

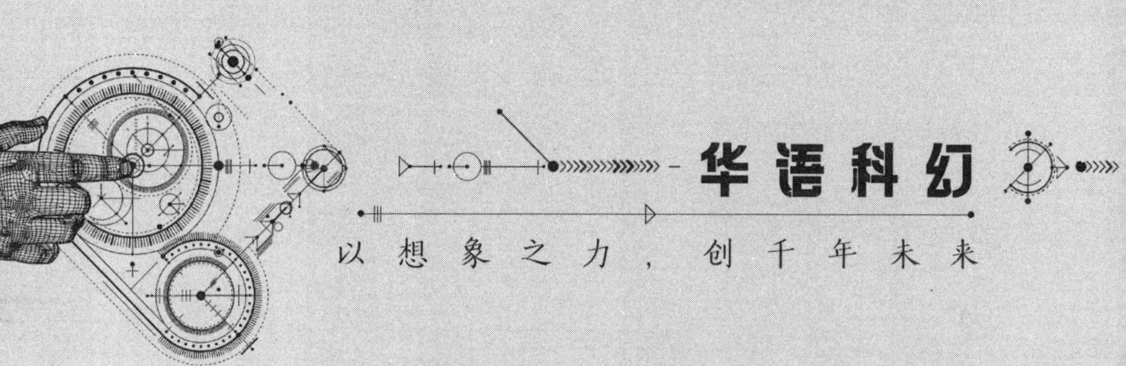
华语科幻
以想象之力，创千年未来

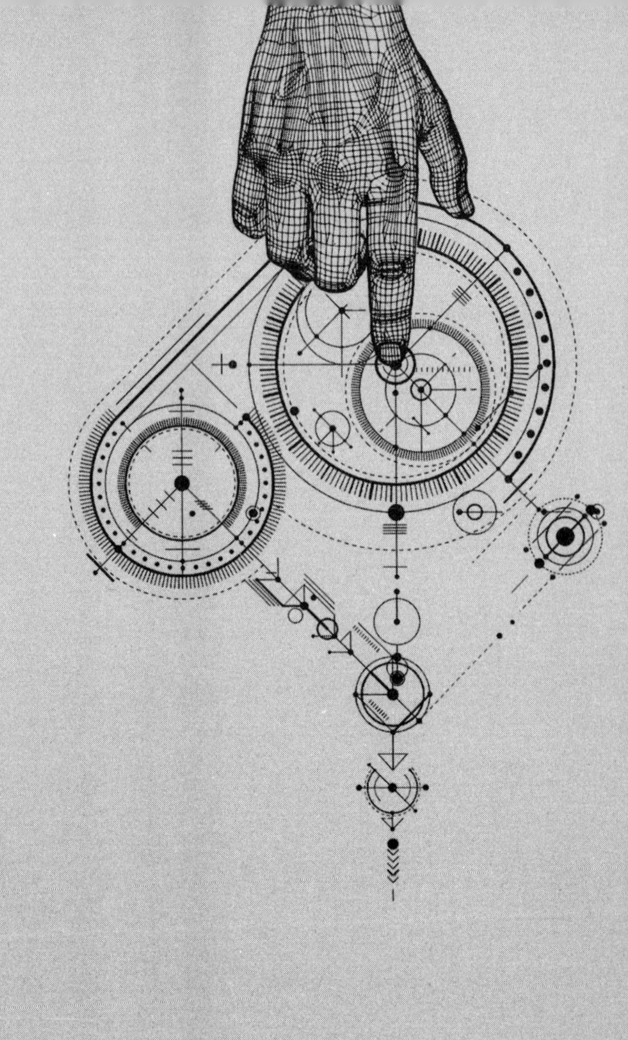

宝树科幻精品系列

Sci-Fi

雾霾少女

宝树 著

科学普及出版社
·北 京·

图书在版编目（CIP）数据

宝树科幻精品系列．雾霾少女 / 宝树著．-- 北京：科学普及出版社，2025. 1. -- ISBN 978-7-110-10828-4

Ⅰ．I247.7

中国国家版本馆 CIP 数据核字第 2024JE7536 号

策划编辑 王卫英
责任编辑 王卫英
封面设计 书香文雅
正文设计 书香文雅
责任校对 邓雪梅　张晓莉
责任印制 徐　飞

出　　版 科学普及出版社
发　　行 中国科学技术出版社有限公司
地　　址 北京市海淀区中关村南大街 16 号
邮　　编 100081
发行电话 010-62173865
传　　真 010-62173081
网　　址 http://www.cspbooks.com.cn

开　　本 720mm × 1000mm　1/16
字　　数 690 千字
印　　张 58
版　　次 2025 年 1 月第 1 版
印　　次 2025 年 1 月第 1 次印刷
印　　刷 天津泰宇印务有限公司
书　　号 ISBN 978-7-110-10828-4 / I · 746
定　　价 180.00 元（全 6 册）

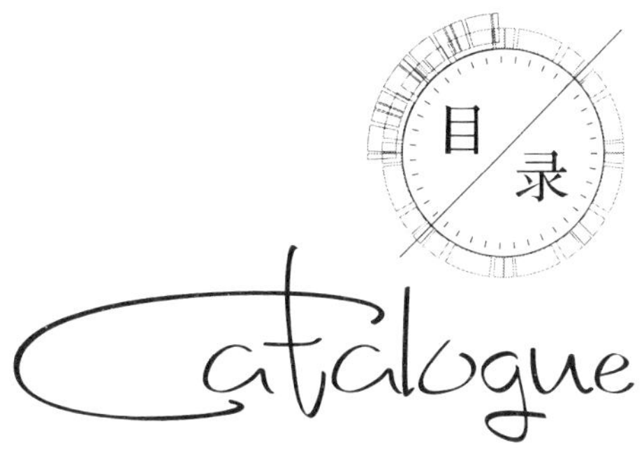
目
录
Catalogue

人人都爱查尔斯

一

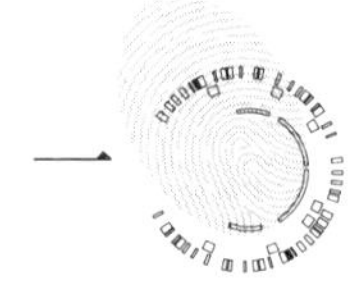

他进入了太空，宛如获得自由的鱼儿跃出水面。

他透过“飞马座”号的舷窗向下看去，最初是灰色的城市、棕色的小镇，然后是绿色的农田和黄色的沙漠，很快一切都被白茫茫的云海覆盖。等他钻出云海，已经在太平洋上空，世界变成了一个蔚蓝色的曲面，隐约显出巨大的球体轮廓，北美大陆是天边一线，亚洲隐藏在弯曲的海天线下面，整个地球被裹在一层朦胧的光晕中，那是大气层。而在他头顶，点点星光已经从暗黑色的天穹露出头。随着引力的减弱，他感到了失重，虽然身体被牢牢固定在座椅上，但是仍然感到自己在飘浮着。飞行器仿佛翻了个个儿，太平洋的无尽海水悬在他头顶，而身下是黑暗的无底深渊，让他有一种错觉，觉得自己不是在太空，而是安睡在大海的底部，一切显得恬静而悠远。有那么几秒钟，查尔斯·曼觉得自己是世界上最远离尘嚣的人，似乎可以永远就这样飘荡在地球之外的空间里，融入大自然的高远纯净。

但他很快想起来，不，应该说他一直都知道，这是一个不可实现的幻想，即使在这颗星球之外，整个世界都在看着他，至少有十亿人在观看他的“直播”。“飞马座”号正在世界最高规格的航天飞行大赛——跨太平洋锦标赛之中。现在飞船正在大气层外以 9.7 马赫的高速射向太平洋西岸，目的地——日本东京。

像弹道导弹一样，比赛的飞行器往往在中途进入太空，以便最大限度减少空气阻力，在太空中，为节省燃料，基本依靠惯性飞行，重新进入大气层后才会点燃发动机。因此有那么几分钟，查尔斯悠闲自在地观赏着窗外的蓝色星球，他打开了座舱里的爵士乐，甚至发布了一条脑写的“维博”：

> 我感到自己离地球前所未有的远，在这一刻，“我”的存在，世界和我，变成了相对的两极，我就是我，不再是地球上芸芸众生的一分子，而是孤独的宇宙流浪者……

“飞马座”号的电脑屏幕上清楚地显示出了他的位置，他大约在阿留申群岛上空，一大队蓝色光点正从星星点点的岛屿上空向西移动，一个醒目的红点在它们前列，正是“飞马座”号。它的背后有一百多架飞行器，前面有三架，它排在第四，还算不错，但还不足以登上领奖台。最前面的飞行器已经在 100 多千米外，最近的一架也有 10 多千米的距离。似乎是为了提醒他，背后一架银白色的飞行器迅速接近，很快从只有约 300 米的近处悠然掠过他的左面，像一颗流星划过。那是乔治·斯蒂尔的“仙女座”号。

“查尔斯，今天怎么不行了？是太劳累了吗？”通话频道中传来斯蒂尔的讥笑。

“乔治，我只是在休闲，欣赏欣赏太空美景，对我来说，比赛尚未开始。”

“恐怕对你来说，比赛已经结束了，伙计。”乔治反唇相讥。

“不，比赛现在刚刚开始。”查尔斯冷冷地说，按下了一个按钮。

骤然间，“飞马座”号抛掉了整个尾部，宛如蜕皮新生的蝴蝶。新露出的尾部喷管中吐出蓝色的强光，标志着核聚变发动机启动了。查尔斯感到了加速效应，有一股力量压着他，几乎喘不过气来，这种熟悉的感觉却让他热血沸腾。减轻了一小半重量之后，“飞马座”号的速度短时间内提升了 2.2 马赫，轻松地反超了“仙女座”号。

“Surprise！”查尔斯吹了一声口哨。

“这不可能！你怎么可能有……接近 12 马赫的速度！”

“东京见，乔治，”查尔斯说，“如果你的小飞行器能撑到那里的话，千万别掉海里，我可不想在庆祝酒会的生鱼片里吃到你的戒指。”他知道上亿人都通过广播听到了这句俏皮话，嘴角泛起得意的微笑。

似乎为了印证他的预言，身后的“仙女座”号颤抖起来，显示出自己已经到达速度的极限，但它仍加速了一小段，进行了一番绝望的尝试，但最后放弃了。

“你等着吧，查尔斯，总有一天……”乔治在电波里气急败坏地叫喊着。

查尔斯大笑着，风驰电掣，飞向前方，核聚变发动机全力运转着，将飞行器的速度推向顶峰。

“卡伦斯基！哈米尔！田中！游戏开始了！”

“飞马座”号以梦幻般的速度，超过了一架又一架飞行器，很快又重新进入大气，启动了防护罩，空气在他周围燃烧起来，“飞马座”号宛如灿烂的火流星划过太平洋的天空，落向日本列岛。

在离东京不远的海上，“飞马座”号最后超过了田中隆之的“天照”号。为了降落，“天照”号不得不在离东京还很远的时候就开始减速，而“飞马座”号却嚣张地没有减速，从“天照”号的头顶飞过去，然后飞过了东京上空。

“查尔斯，你去哪里？再不停下来就要飞到西伯利亚了！”耳机里传来教练的警告。

但查尔斯在飞过东京后才开始全力减速，绕了一个圈子再飞回来，仍然赶在“天照”号之前降落在东京奥林匹克体育场的草坪上。查尔斯看到，满场的观众都起身为他鼓掌欢呼。

“查尔斯，恭喜你蝉联了冠军！”教练在耳机里说，“颁奖仪式将在一个小时以后举行，你准备一下致辞吧。”

“你代我领奖好了，”查尔斯说，“我还有一个浪漫的樱花约会。”

“别耍性子，这次是爱子女天皇亲自颁奖！晚上还有日本读者的见面会，你要赏樱花，明天我们会安排的。”

“我对女皇没兴趣，”查尔斯大笑，“为什么要在没兴趣的事情上浪费时间？我对她的兴趣可远不如仓井雅。”他知道女天皇会因为自己把她和著名女明星相提并论而气得浑身发抖，仓井雅听到后会莞尔一笑，有亿万观众将和他一起开怀大笑，而这句话会登上全世界主要报纸的头条，至少是娱乐版头条。

“查尔斯，你实在是太……”

然而“飞马座”号已经再度起飞，在亿万观众的众目睽睽之下升到高空中，消失在东京的高楼广厦间。

二

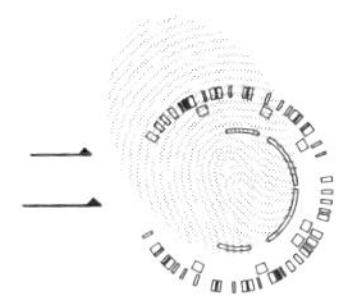

突如其来的微微刺痛让宅见直人睁开眼睛，有好半天他没反应过来自己身在何处。这是他的房间，大约只有七八平方米，一张榻榻米就占了一半，另一半是一张电脑桌，没有别的家具，不过他需要的主要也就是这两样东西。

直人坐起身来，才意识到自己已经有七八个小时躺在床上，膀胱憋得快到极限了。他许久没有进食，血糖已经低到了危险的程度，所以手腕上的健康监测仪才开始报警，如果再不吃点儿东西，健康监测仪就会断定他已经昏迷，直接向附近的医院发出求救信号。

直人去了厕所，回来时，接了一杯矿泉水，打开放在电脑桌上的药瓶，瓶子里是满满的高纯营养片，富含人体所需要的主要营养成分，并且能抑制胃酸的分泌，吃五片就相当于一顿饭。当然这玩意的味道不敢恭维，和塑料泡沫差不多，但是既然每天都可以享受鹅肝、松露和鱼子酱的顶级大餐，谁还在乎这些！

直人倒了十片营养片，和着冷水吞服了下去。然后打开电脑，调出一个界面，分秒必争地敲打着一般人看来毫无意义的数字和符号，他在为一个金融管理软件编写代码，这份工作枯燥无味，好在收入不菲。但他每天最多工作两个小时，这是维持他每天能在这个小房间里吃营养片活下去的起码收入。他不想为此付出更多劳动，但也没法要得更少了。

“必须赶快，”直人一边干活一边想，“不能再这么割裂了，这会破坏好不容易形成的内在协调性，必须快点儿回去……最多再有五分钟……”

但是偏偏有人呼叫他，直人皱了皱眉头，打开对话视频，一个胖胖的短发女孩子蹦了出来，是住在隔壁的朝仓南。她做了一个表示可爱的表情：“直人，你在吗？”

废话。“在啊。”

“告诉你一个好消息，你知道吗？查尔斯来了。”

又是废话。“我听说了，怎么？”

“是查！尔！斯！”朝仓强调说，“查尔斯·曼，你的偶像欸！他刚才拒绝去领奖，说去和仓井雅约会了，现在轰动了整个网络，不过听说晚上他在银座那边还有一个见面和签名售书活动，这是千载难逢的机会，不如我们去看他好不好？我有一本他写的《彼岸之国》，想让他签名呢！”

“对不起，”直人根本没想就拒绝了，“我很忙，我要工作。”

“可你每天都在房间里工作，花两小时出去走走都不行吗？何况今天是查尔斯——”

“我赶着要交任务呢。”

“可是——”

“对不起，再见！”直人径直关掉了视频对话。

幼稚的女人，浪费我的宝贵时间，直人想。他知道朝仓暗恋他，可是在和伊丽莎白·怀特、玛丽安娜·金斯顿、宝拉·克劳齐亚、杨紫薇等世界各地的艳星名媛有过接触后，再对着朝仓那张小圆脸，他实在提不起兴趣。何况朝仓的存在总让他想起自己是谁，而他现在最不需要的就是知道自己是谁。

不行，不能再在这个房间里待下去了。多待一秒钟都会令人发疯。直人草草结束工作，推开电脑，在榻榻米上躺下去，闭上眼睛，营养片已经开始消化，虽然胃里并不舒服，但是至少没那么饥饿了，他可以再撑七八个小时。

建立连接通路，感觉信息传递，脑电波变为电磁波，又变成中微子束，然后再次变为电磁波和脑电波。

重力感同步：我站在什么地方；触觉同步：微风从我身上吹过，带着春天的暖意和海洋的潮润；听觉同步：风声和婉转的鸟啼；视觉同步：满目粉红粉白，凝结为千万树樱花，在春天的绿意中绽放着，一个穿着和服的女郎跪坐在樱树下，眉目如画，绽放笑靥，是仓井雅！

而我是查尔斯，独一无二的查尔斯。

三

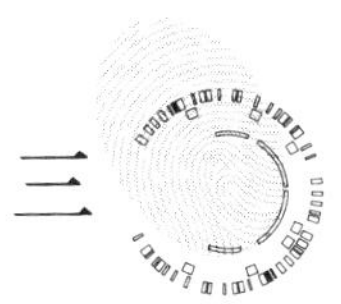

“飞马座”号在箱根的一个小湖边降落。

仓井雅在湖边的一片樱花林中等着他，正当春深，这里的樱花开得如云霞般绚烂。地下已经铺上了洁白的野餐布，上面摆好了精致的鱼片、海胆刺身和清酒。仓井雅穿着宽松的青缎和服跪坐在一棵樱树下，见到他，温柔而不失妩媚地一笑：“Hi，查尔斯。”她用流利的英语说。

“Hi，小雅。”查尔斯在她身边坐下，揽住了她纤细柔美的腰肢。

“我刚刚看了直播，”仓井说，“查尔斯，恭喜你再次蝉联世界冠军，干一杯？”她用白皙的手托起了小巧的酒杯。

“那个么，算不了什么，”查尔斯接过酒杯一饮而尽，顺便在她吹弹可破的脸上亲了一下，“你知道，我这么快飞过来，全是为了见你……”

“骗人！”仓井笑盈盈地说。

“真的，我们已经有好几个月没见了，我一直在想着你。”

“想着我？”仓井歪着头，似笑非笑地说，“哼，那你和克劳齐亚小姐是怎么回事？”

查尔斯略微有些尴尬，含含糊糊地说：“她么……其实你们都是很好的姑娘，都跟我的亲人一样……”

仓井雅聪明地没问下去，换了个话题，“对了，我最近拍的那部电影你看了吗？我送了你首映式的票，不过你没来。电影叫作《北海道之恋》。”最后五个字她咬得字正腔圆。

“当然！你演得棒极了，宝贝。”查尔斯抚摸着她散发着樱花清芬的秀发，“我非常喜欢……”他努力回忆仓井雅扮演的人物名字，可惜想不起来，“……你演的那个角色，情感诠释得太到位了。”

仓井的嘴边露出了一丝浅笑，她知道这意味着世界上已经至少有一千万人听到了这句话，很快就会有上亿人在网上查询她演的电影，好莱坞仿佛已经在向她招手。“那查尔斯你说，你最喜欢哪一段呢？”她撒娇地问道。

“当然是……是结尾的那段，我觉得非常、非常感人……”查尔斯说，忙设法岔开话题，“对了，这里不是风景区么，怎么一个人也没有？”

“这一带是私人的地产，地主是三上集团的总裁，听说你要来，所以免费让我们在这里约会，不会有人打扰的。”

“替我谢谢他，这里真的很美。”查尔斯望向四周，富士山头的皑皑白雪在远处发亮，千树万树的樱花在春风中摇曳着，落樱如雨，飘向凝碧的湖面。空气中都是清新的芬芳。

“这里会让梭罗妒忌得发狂，”查尔斯深深吸了口气，“我有一种预感，如果我住在这里，或许可以写一部比《瓦尔登湖》更优美的作品。”

“瓦尔登湖？是什么？”仓井雅不解地问。

“是……没什么，”查尔斯露出狡黠的笑容：“小雅，你尝试过在樱花树下……”他咬着仓井的耳朵说了一句悄悄话，当然世界上无数人还是听到了。

“坏蛋，就知道你不肯放过我。”仓井咯咯笑了起来。

查尔斯搂住了半推半就的仓井雅，这古怪的和服是从哪里解开来着？哦，是在后面……

远处传来马达声响，打破了湖边的宁静。查尔斯回过头，看到一个蓝色的小点在天边出现。“不会又是那些狂热的粉丝跟踪吧……”他咕哝着。

但小点迅速变大，旁边出现了双翼，查尔斯很快看到了机身上的日本国旗和下面的一行英文，这居然是东京警视厅的空中警车。

警车在湖边降落，就停在飞马座号边上，一名女警从警车里出来，大步走到他们面前：

“先生，你是查尔斯·曼？”她用口音很重的英文问。

“是的，你是来要签名的吗，小姐？”查尔斯嬉皮笑脸地盯着面前的女警。她很年轻，算不上很美丽，但身材挺拔，神态庄重，自有一种英姿飒爽的气质。

“查尔斯·曼先生，”女警面无表情地说，“我们怀疑你涉嫌从事恐怖活动，按照我国的反恐法律，请你跟我们回去协助调查，你有权保持沉默……”

我？恐怖活动？是某个拙劣的恶作剧？查尔斯回头望向仓井雅，但仓井也是一脸莫名其妙的表情。

“等等，什么恐怖活动？”

“低空超速飞行，”女警简略地解释说，“超过 2 马赫已经违法，超过 5 马赫就是对城市的严重威胁，被视为有恐怖袭击的可能，而你刚才的速度超过了 10 马赫！按照《日本反恐特别条例》第七章第八十二款，必须立刻拘留审问。”

“开什么玩笑，你不知道今天有比赛吗！”

“是的，比赛有特殊规定，在一定区域内可以获得豁免，但是你很快再次起飞，速度仍然超过了法定限度，且超出了比赛的范围，所以我们必须逮捕你。”

“你们要逮捕我？就因为超速飞行？这简直……”查尔斯怒气上涌，忍不住要大骂，但很快控制住了自己。查尔斯，保持风度，记住有一千万人在你身后。

“你们不能这么做，这太荒谬了！”仓井雅匆匆系好了衣服，上前护着查尔斯，然后开始用日语和女警快速交涉起来，伴随着各种激动的手势。

不过查尔斯看出来这没有意义，对方不会退让的，警车里还有几个膀大腰圆的男警员。“好吧，”他平静下来，做了个打住的手势，耸了耸肩，“有机会参观一下日本的警察机构也不错，小姐，我将来可要把你写到小说里，你不会反对吧？”

“随您的便，”女警似乎松了口气，“如果您需要和律师联络的话……”

“已经找了，”查尔斯说，指了指自己的脑袋，意思是他的律师已经看到了他的直播，“对了，能否请问你的芳名？” 他已经看到了她的胸牌，但是是他不认识的汉字。

女警犹豫了一下，然后微微垂下眼睛："细川穗美。"

"细川——穗美，"查尔斯重复了一遍，"你能否答应我一件事？"

细川穗美用询问的目光望着他，查尔斯摊了摊手说："你破坏了我的一个约会，所以等这件事完了之后，你可要赔我一个。"

"查尔斯先生，"细川说，脸有些发红，忘记了其实应该叫"曼先生"，"让我提醒你，骚扰警官在日本可是重罪。"语气中带着几分恼怒。

但查尔斯分明在她的眼神中看到了一丝喜悦。

一股狩猎的兴奋从他的心底升起。

四

按照规矩，查尔斯被戴上手铐，在几名警员的押解下坐上空中警车，被送往东京警视厅，仓井雅被警方拒绝随行。一路上，查尔斯一直和穗美搭讪，穗美装作冷冷地不理他，但脸上偶尔也会露出笑意，旁边几个男警员的脸色自然要多难看有多难看。

当他们到达警视厅大厦的楼顶停车场的时候，几家本地新闻社的空中采访车已经闻讯赶来。还有一群粉丝不顾阻拦，喊着支持查尔斯的口号，驾着私人飞行器强行在楼顶降落，警视厅不得不又出动了七八辆空中警车，调来了几十名警员维持秩序，场面一团混乱。查尔斯在一群警察的簇拥下向入口走去。穗美在他身边，由于拥挤，常常尴尬地贴到查尔斯身上，触到他健美的身体。

"你知道吗，"查尔斯对穗美笑着说，"上次我在马尼拉搞签售会的时候也是，一大群菲律宾人冲过来要我签名，简直是人山人海……我还没什么，人群中一个女人摔倒了，后来才知道被挤得流产了，真可怜。”

“真的？那太不幸了。”穗美忍不住说。

“真的，不过也有一个好消息，我边上一个女孩被挤怀孕了。”

“啊？”穗美一愣才反应过来，好不容易才忍住笑，“又编瞎话。”

“真的，”查尔斯一脸无辜，“最倒霉的是，她居然说那孩子是我的！”

穗美终于忍不住“扑哧”一声笑了出来，然后说了句什么。但查尔斯什么也没有听见。周围忽然奇怪地死寂下来，一点声音也没有。只看到周围人头攒动，闪光灯此起彼伏。随后，重力感也没有了，查尔斯如同悬在自己的身体里，仿佛要飞起来，触觉也随之而消失。

然后画面变为一片花白。他缓缓睁开眼睛，只觉得头脑昏昏沉沉的，头顶是陋室斑驳的天花板，身边的机箱还在嗡嗡作响。

他过了片刻才想起来，他不是查尔斯，只是宅见直人。

直人不知道发生了什么事，摇摇晃晃站起来，坐到电脑前上网查询，看到网上也在议论纷纷，无数人在破口大骂警方无事生非，不但看不成仓井雅的激情戏，还导致直播中断。不过很快有人给出了答案，东京警视厅出于保密原则，进行了中微子屏蔽。外界暂时无法接收到查尔斯的直播了。

“可恶的条子，正事不干，就知道妨碍大家，马鹿！马鹿！”直人大声咒骂着，在房间里转着圈。天知道直播要中断多长时间？两小时？八小时？难道要超过一天？那他该怎么办？整整一天里他不能再成为查尔斯，他们为什么不干脆戳瞎他的眼睛、扎聋他的耳朵？

他平静了一下，打开编程软件，想再编一段程序，但怎么也集中不起精神，一行内连着出了好几个错，根本无心工作。直人绝望地摔下键盘，躺回到榻榻米上，辗转反侧，浑身每一块肌肉都不自在，像毒瘾发作一样难受。周围的一切感知都是陌生的，查尔斯的感觉离他越来越远，他本该高高飞翔的灵魂被困在宅见直人的卑微肉体之中。

门铃忽然响起来。直人终于找到一点儿可以转移注意力的东西。他跳起来，走到门口，在门边的显示屏上看了一眼门口站着的人，一个矮矮胖胖的女孩，是朝仓南。

“怎么是你？”直人拉开门，没好气地问。

“我……”朝仓窘迫地提起手上的一个饭盒，“我下午做了点儿便当，想请你尝尝。”

“我不……”直人看了看朝仓涨红的脸，把口边的拒绝收了回去，“好吧，谢谢你。”

他去接便当，但是笨手笨脚地竟没接住，饭盒摔在地上，热腾腾的鳗鱼饭和油炸天妇罗撒了一地。“对不起，”朝仓忙蹲下收拾，“我怎么没拿稳……”

直人忽然感到一阵惭愧：“不不，没有的事，是我没接住。”也蹲下来收拾起来。

他们手忙脚乱地弄了半天，总算把地板收拾干净了，朝仓很沮丧：“唉，可惜这些饭都不能要了。”

“没事，其实我吃过了，一点儿不饿……”直人犹豫了一下，“那个，进来坐坐吧。”

朝仓走进房间，四下看着，直人觉得脸上有点发烧：“不好意思，房间太乱……”

朝仓却嘻嘻而笑：“男生的房间都是这样的嘛……我是这么听说的。宅见君，你每天就在房间里工作吗？”

“嗯，”直人倒了杯矿泉水给她，“现在在家里工作的人很多，何况我的工作只需要一台电脑就够了。”

“那你每天不出门，不和外面的人接触，不闷吗？”

“一点儿不闷，我可以……上网。”直人犹豫了一下说，“网上什么都看得到。”

“那是两码事，”朝仓认真地看着他，眼中充满了关怀，“你应该多活动活动，我看你脸色不太好，好像很久没出门了？”

“我没事……”直人含含糊糊地说。但朝仓已经看到了床头一个硕大的黑色六边形箱体，“这是什么？”

“没什么，这是电脑配的设备……”直人不想多说，但朝仓已经认出来了，“这是……中微子波转换器！难道你在接收感官直播？”

“这个……你怎么知道？”直人反问。

“我朋友里美家有个一模一样的。”朝仓说，“她说是用来收看感官直播的，可是我不知道具体怎么用。”

“这是一种接收中微子波并转换成电磁波的装置，”直人解释说，“用中微子通信可以直接穿过整个地球，延迟最少，所以是最方便的，但因为技术原因，脑桥芯片无法接上笨重的中微子发射器，只能以电磁波的形式发送讯号，通过附近的转换器变成中微子波束，再通过另一端的转换器变成电磁波。对了，你收看过感官直播吗？”

“没有，”朝仓叹了口气，“我一直觉得这东西很可怕。”

“可怕？怎么会？”

“别人的视觉、听觉、触觉传到你的大脑里，感觉好像是被妖魔附体了一样。”

“哈，哪有那么严重，”直人笑着摆手，“恰恰相反，是你附在别人身上，你可以看到他看到的，听到他听到的，知道他生活的每一个细节，多有意思！”

“说得倒也是，像我最喜欢的言真旭和金东俊，要能知道他们在干什么也挺好的。”

“言真旭好像没有开通感官直播，金东俊……我帮你上网查查，”直人在键盘上敲击了一阵，“有了，他去年开通了直播，每天大约有两个小时直播时间。”

朝仓也挤到电脑前，念着弹出视窗上的几行大字："你想和东俊哥合体吗？在东俊哥深邃的脑海里触摸他的灵魂，和东俊哥一起生活和工作，向你揭示出韩国演艺圈不为人知的秘辛……哇！好厉害！"

但她很快又露出了害怕的神色："可是听说接收广播要切开大脑做手术，很疼的，这我可不敢。"

"没那么吓人，只是一个小手术，植入一块带发射器的脑桥芯片，并且和各感官对应的脑神经连接，如果没有它，你不可能收到外来的直播，也不可能建立感官协调性。现在全世界有上亿人都做过这个手术了，日本就有将近五百万呢。"

"可是手术费用应该会很贵吧？"

"不贵，你肯定能负担，不过要接收金东俊的直播倒是价值不菲，你看这里写着——这些优惠条款都是虚的，不用管——每小时 998 日元。如果你每天都接收两小时的话，一个月得要六七万日元。"

"这么贵啊？"

"要不然金东俊为什么会开感官直播呢？"直人冷笑，"多少粉丝想要知道偶像的生活是什么样的，他眼中的世界又是什么样子的，用他的眼睛和耳朵去感知是什么感觉，就是十万日元一小时也有许多人愿意付费，当然财源广进了。这还是韩国的，好莱坞那些大牌明星的直播价格更高得离谱。不过你放心，在他们设定的直播时间里，你不可能看到任何真实的东西，那些宴会啊，旅行啊，慈善活动啊，一切都是刻意美化的，只不过是变相的演戏罢了。"

"这么说感官直播也没什么意思嘛！"

"那些娱乐明星当然没有意思……"直人眼中闪着热烈的光，"但是也有一些非常有意思的直播。有一个名人，他每天基本二十四小时打开直播，而且全免费，你可以看到他生活中任何一个细节，完全是真实的人生，光明磊落，绝无虚假。他不是那些肚子里空空如也的明星，他有思想，有情趣，是一名才华横溢的作家，还是一名飞行家，而且

还投入了慈善事业——”

“等等，你说的就是查尔斯？”

“是的，就是……”直人勉强把那个“我”字咽下去，“……查尔斯·曼，世上独一无二的查尔斯，那个大写的‘人’。”他轻轻叹息了一声，脸色黯淡了下来。

查尔斯，我真正的自己，你现在怎么样了？

五

“你可以走了。”细川穗美的身影出现在拘留室门口，冷冷地说。

查尔斯一副意料之中的样子，从椅子上站起来，看了看表：“还不到七点，晚上一起吃饭？”

“我还有工作。”穗美还是淡淡地，“走这边。”

“你刚才不是说不能保释吗？怎么现在又放我走了？”

“你的那些崇拜者，”穗美没好气地说，“至少有十万人堵在警视厅门口，简直要把整座大厦给拆了。他们要求立刻恢复你的直播，半个东京的交通都瘫痪了。真不知道你这样的人怎么会有那么多人喜欢？”

“因为有支持者抗议，你们就放了我？”

“既然你显然不是恐怖分子，上面决定这件事不必追究了，警方不会起诉你，走吧。”

“不，”查尔斯摇头，“如果你们不打算起诉我，又为什么要抓我？我要求一个合理的解释，否则我不会离开警视厅。”

“你……”穗美瞪着查尔斯。一个高大的金发女人适时出现在她背后：“这完全是日本警方的失误造成的，你们应当向曼先生道歉。”

“丽莎，”查尔斯招呼自己的经纪人，“我等了你半天，你怎么现在才到？”

“麦克唐纳那边已经处理好了，”丽莎对查尔斯点点头，“查尔斯，因为你当时并没有离开飞行器，所以可以视为比赛并未结束，顶多是意外偏离航线，在箱根迫降……你没有违反日本法律，他们无权扣留你。日本警方应该为浪费你的宝贵时间正式道歉，我们将在各大媒体发表声明，并保留法律追究的权利。”

“算了，”查尔斯大度地说，“只要这位美丽的小姐和我共进晚餐，警方那边我可以都既往不咎。”

穗美忍不住想反唇相讥，但电话铃声急促地在她耳边响起，接通之后，她的脸色微微变了，是警视总监亲自打来的。

“查尔斯，”丽莎拉过查尔斯，低声说，“你必须尽快离开这里，恢复直播。现在有几百万人在网上抗议了。”

“干吗那么急？难得清静几分钟。”

“不，你必须尽快恢复直播。”丽莎的口吻不容拒绝。

查尔斯看了丽莎一眼，她脸色平静，看不出喜怒。查尔斯不禁有些发怵。当他刚刚出道、诸事不顺、遇到人生最大瓶颈的时候，丽莎·古德斯坦主动来到他身边，帮他打理一切，无论是比赛、写作还是公众活动，都是她安排的。在查尔斯的灿烂星途上，丽莎功不可没。但查尔斯一直谈不上喜欢丽莎，甚至有些怕她。但他知道自己离不开她。近年来，随着查尔斯的事业如日中天，丽莎越来越多地顺从他的意思，但每当丽莎坚决表示自己意见的时候，查尔斯还是无力否决。

“好吧。”他不情愿地说。

丽莎也放缓了口吻：“查尔斯，你知道随时有一千多万人收看你的直播，有一百二十万人每天收看五个小时以上，有三十万人差不多无时无刻不在收看你。因为你的直播几乎从不中断。人们信任这一点，刚才的直播中断了两个小时，已经有很多人无法忍受了。”

“但他们可以收看别人的，全世界至少有十万人开着直播。”

丽莎笑了：“别人怎么能跟你比？你可是独一无二的查尔斯。不过别忘了，每天都开直播的人可不少，许多人想取代你，如果你再不开直播，可能有很多人会转向其他直播者，这对你会很不利。”

“是的，我……明白了。”穗美挂断了电话，板着脸对查尔斯说，“查尔斯先生，我在此代表东京警视厅向你郑重道歉。”说完了深深鞠躬。

查尔斯笑了：“没关系，我想尝尝日本的小吃，现在你能陪我一起去吧？”

穗美不置可否：“请这边走。”

丽莎脸上现出了暧昧的笑容，侧过头在查尔斯耳边低声说：“整个世界都在看着你们，征服她，收视率会再翻一番的。”

六

“宅见君？你怎么了？”

“嗯？”直人回过神来，发现朝仓正关切地看着自己，“对不起，你说什么？”

“我是问你，收看别人的感官直播是什么感觉？”

“这个很有趣味，”直人想了想说，“首先需要一个磨合阶段，无论收看谁的直播都是这样。一开始不会很顺利，你看到的颜色不像颜色，声音不像声音，好像是在看 20 世纪的 2D 电影，有一种无法形容的古怪。人与人的感官生理上差不多，但神经元结构上总有微妙的差别，所以你必须非常努力才能把握这些感觉的意义，更不用说体会其中的细微差别了。你会有好几天都觉得是云里雾里，很不真切，然后某一天，突然像顿悟一样，真正感到那些感觉是你自己的。”

“你能感到那个人身上所有的感觉吗？”

“差不多是所有的，视觉、听觉、触觉、嗅觉、味觉，重力感，冷热感……以及身体痛苦。比如，如果直播者的手被一根针扎了，你也会感到同样的尖锐刺痛感，不过因为信号的过滤，在强度上要弱一些。这是对接收者大脑的一种保护。你知道英国歌手菲利普·波尔特吧，三年前他直播的时候忽然被一名狂热的粉丝在腹部连捅十多刀而死，两万收看者同时痛得死去活来，其中近五百人立刻昏厥，三十多人因此猝死……那是轰动世界的大新闻，从那以后就加强了对接收者的保护，以防直播者出现险情时危及他人。”

“嗯，那么……”朝仓问，“快乐呢？直播能传递快乐吗？”

“这个……”直人想了想，“一般来说无法直接传递快乐，快乐涉及人整体的状态，不是个别的感觉。但某些生理性的愉悦感是可以传递的，比如享用美食的感觉。”

“那你也不知道对方在想什么了？”

“是啊，无法知道。各种感觉都有固定的脑活动区域，但是思想没有，思想是大脑各区域协调工作的产物，不可能定位到具体的部分，而且依赖于特殊的记忆模块，难以一一对应地传递。实际上，正是因为思想无法传递，人们才敢于进行直播，因为他们心中还能保留一块自己的隐私之地。”

“所以，收看一个人的直播是什么样子呢？”朝仓越发好奇了，“你能看到他看到的，听到他听到的，就像活在他身体里那样，但是你又不知道他在想什么？而且也无法控制他的身体动作？感觉好像自己身体被别人控制了一样，那应该很别扭吧。”

“你说得不错，”直人的谈兴被勾了起来，忽然很想倾诉他这几年的心得，“但请注意，这只是第二阶段！下一阶段就是建立意识协调性。也就是说，你要和他建立同步的思想活动，以配合他的动作，就好像那是你自己的动作一样。”

“这怎么可能呢？”

“有点儿难，但并非完全不可能，你必须尝试。首先得学会放弃自己多余的想法，习惯直播者的生活和做事方式，当然也要学会理解他用的语言。当你做到了这些之后，你在大部分情况下可以像直播者那样去思考和行动。实际上这并不像你想象得那么艰难。人大部分的念头和行动都是基于身体感受，当把后者视为‘自己的’之后，也就得到了打开前者的钥匙。比如面前有杯香喷喷的咖啡，端起来喝一口不是很正常的动作吗？”

“但是……总有一些事情是接收者无法想到的吧？比如一些比较高级的思维过程和决定。”

“呃，是的……所以需要你用心去体会。但也有一些技巧，你必须什么都不去想，把自己的内心空出来，让接收到的感觉带着你走，这样经过一定时间，你会感到自己渐渐和直播者建立了冥冥中的感应，就好像你变成了他本人一样。”

“那你只能和一个直播者建立这种关系吧？”

“理论上当然不止一个人，不过同一个对象是最理想的。如果经常调换接收对象，就很难保持意识协调性了。”

“可这是为什么呢？”朝仓问。

“什么为什么？”

“为什么你要成为直播者本人呢？这不是过分的想法吗？我们希望了解直播者，并不代表你要成为他本人啊？何况这也是不可能的。”

“怎么不可能？”直人有些恼火，“你没有尝试过，所以完全无法体会那种奇妙的感觉，那种灵肉合一的理想状态，那种你真正拥有另一种生活、另一种人生的感受……否则你就不会那么说了。”

“嗯，大概是我不了解，”朝仓无意争辩，“不过直人君，你也应该多出去运动一下啊。附近新开了一家体育馆，我每天都去打球或者游泳，我们一块去吧？”

直人觉得有些可笑，他今天刚飞行了上万千米，从地球的一边飞到了另一边，现在这个小姑娘要带自己去运动？她懂得什么！

不过查尔斯的直播看来一时半会儿无法恢复，那么不管怎么说，总需要打发时间，或许这也是一个不错的选择，总比在家里不知干什么好，不如……

“这么说的话，”直人点点头说，“我就——”

“叮咚”的提示音在他耳边响起，脑桥的芯片将讯息传进他的脑海，天，查尔斯的直播又开始了！

“——我就过两天再去吧，谢谢你！”直人忙打了个哈欠，“对不起，我有点儿累，现在想先睡一会儿……”

“可是……”朝仓无力地抗议着，但终于被直人请了出去。

直人关好门，热血沸腾地躺下，觉得眼前的陋室又变得美好而温馨，接下来会发生什么？我会和仓井雅、细川穗美还是其他什么人在一起？做什么事情？怎样打发这个美好的夜晚？

无论如何，真正的生活又开始了。

七

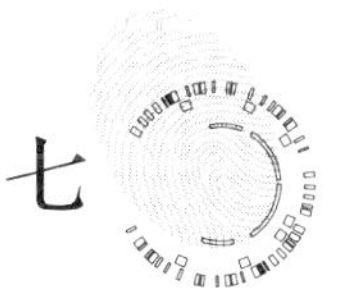

查尔斯戴着墨镜，手里拿着一串章鱼丸子，坐在秋叶原街头的一家小吃店里，津津有味地咀嚼着。细川穗美坐在他对面，面前的一碗豚骨拉面一口也没碰过。虽然经过初步掩饰，但店里的不少客人还是认出了查尔斯，跟他打招呼，他也挥手致意。还不时有人来要签名或合影，但都很有礼貌且有序。

穗美左右看看，稍稍松了一口气："你就这么大摇大摆地坐在这里，不怕被那些粉丝围堵？"

"不怕，我的粉丝当然会第一时间收看我的直播，既然他们可以直接看到我在干什么，为什么还要跑来围着我们？对了，你怎么不吃面？"

"我……还是没法适应，"穗美觉得自己脸上发烧，"这种一千万人都在盯着我们的感觉……"

"不是盯着我们，"查尔斯笑嘻嘻地，"是盯着你，一千万人在通过我的眼睛看着你。"

"反正感觉很不对劲。"穗美嗔道。

"刚见面的时候，你可没那么紧张。"

"因为我不太清楚这些什么感官直播的玩意，刚才你跟我说我才知道的。这是近几年才兴起的吧？"

"不，有十年了，我是最早进行直播的人之一。"

"哦对，不过近几年才在东亚普及的。日本社会很重视个人的隐私，我很难想象如何完全公开自己的一切。"

"并不是一切，"查尔斯微笑着说，"至少我上厕所的时候一定会暂时关闭直播，要不然可太臭了，没人爱看。"

"但是你的各种生活，甚至那种……事情……"穗美不由吞吞吐吐起来。

"你是说性爱？"查尔斯直言不讳，"这是人正常的生理需要和人际交往，没什么可隐瞒的。"

"但毕竟是个人的私事呀。"

"但全世界都在看着你酣畅淋漓地享受的感觉也是很棒的，"查尔斯对她眨眼睛，"仓井雅说她很喜欢呢。"

"她？当然喜欢了。"穗美撇了撇嘴。

查尔斯大胆地继续发动进攻："也许你应该尝试一下新的生活方

式，现在天体运动在日本也流行了，何况——”

“听着，查尔斯先生，”穗美有些羞恼地直视着他，一字一顿地说，“不是所有人都欣赏你这套生活哲学。因为不得已的缘故，我受一些上级人士的嘱咐尽力招待你，但吃完这顿饭，我们从今之后再也没有任何关系，你懂吗？”

看来是块难啃的骨头。查尔斯想，摊了摊手：“当然，那是你的自由。”

曾经有好些个女孩对我说过类似的话，查尔斯想，因为她们对暴露在公众面前最初有一种本能的恐惧，但是不久后，她们就离不开这种被全世界关注的美妙感觉，她们会一个个爱上这种新生活，放弃之前的固执……细川穗美也许会和她们一样，但如果不一样，或许更有意思……

三个七八岁的男孩蹦蹦跳跳地走到他们身边，打破了二人间的沉默，对查尔斯说：“こんばんは，チャールズ様！”

“konbanwa！”查尔斯知道这是“晚上好”的意思，笑着学样说。

孩子们用日语叽里呱啦说了一堆话，查尔斯不解地看着穗美，穗美只好充当翻译：“他们说下午看了你飞行的直播，说很喜欢你，将来也要成为像你这样的大飞行家和作家。”

查尔斯摸了摸一个男孩的小脑袋：“孩子，成为不成为作家或者飞行家并不重要，重要的是，成为你自己，去成为你心里想成为的。”

“可是我就想当一个飞行家，太帅了！”男孩说，穗美又为他翻译了。

“那就先成为一个小飞行家！你可以先去三维虚拟机上体验一下，参加虚拟飞行比赛。”

“虚拟的太无聊了，我想开真的飞行器，就像您的‘飞马座’号一样！”

“事情总要一步步来，”查尔斯耐心地说，“如果你真的热爱这项运动，首先就会喜欢上虚拟机的。或者你也可以多收看我或者其他飞行家的直播，能从中学到很多东西——对了，儿童不宜时段除外。”

一番问答后，孩子们拿着查尔斯送给他们的签名照片高高兴兴地走了，穗美撇了撇嘴：“你还挺能说的。”

查尔斯笑笑：“我只是说出自己内心的想法。这是我一直坚持的价值观，每一个人都该做他自己，实现自己的价值。我不是什么高高在上的偶像，要人去顶礼膜拜。我开放直播和其他人不一样，我只是想让大家都了解，查尔斯就是这样一个人。”

“你不是靠这个赚钱的吗？”穗美尖锐地问。

查尔斯皱起眉头，他最反感这种误解：“你错了，我不用靠这个，无论是作为飞行家还是作家，我的收入都可以维持一份相当舒适的生活。我的直播也完全免费，我没有从中获得过一分钱的利润。”

“对不起，我不是那个意思。”

“没关系，”查尔斯耸耸肩，“有很多人都这么看我，我也无力改变别人的想法，我只是不希望我的朋友误解我。如果你了解我，应该知道在开始直播之前，我就发表了好几篇小说，并且拿了跨太平洋飞行赛的季军，我根本不需要靠直播来增加自己的名声。不错，这些年我顺应了直播时代的发展。现在随时都有上千万人收看我的直播，但我一贯认为，我作为个人并不重要，重要的是我代表了直播的理念。这个理念并不是要摧毁个人隐私，而是共享更多的信息，分享彼此的苦乐，使得人类作为一个整体连为一体。在这个过程中，人们在从直播中丰富自己的生活经验的同时，才能更真切地理解自己的内心，知道自己的价值在哪里。”

“说得也有些道理……”穗美若有所思，“但总有无数人盯着你的一举一动，还是太……太不自由了。”

“这么想其实是不自信的表现，”查尔斯不以为意，“我就是我，独一无二的查尔斯，即使被亿万人看着，我的自由也不会减少。”

“也许因为你是美国人，”穗美说，“你们美国人一向充满了自信，但日本人不是这样，从小父母都教给我们太多的礼仪，我们必须学会在别人的注视下来规范自己的行为，从而更渴望自己的私密空间。我记得，在我读幼稚园的时候，每天我和其他孩子都在一个小花园里面玩耍，说是玩耍，其实还是要遵守很多规矩。那个花园的尽头是一排树，树的后面就是墙，但事实上在树和墙之前还有一小片空间，只是一般人注意不到。有一次，我发现了那么一小块地方，上面有几丛野花。虽然是树枝下普通的一小块地方，但我开心极了，每次都偷偷爬到这里来自己玩。我不是不愿意和朋友分享，但只有在一个人在这里的时候，才会感到安静和放松。我可以一个人傻笑，或者一个人流泪，不会有人打扰。可惜没过多久，这里被其他人发现了，好多人都跑过来，践踏那些草地，采摘那些野花，我的小世界也就毁了。”穗美有些黯然，她不知道自己为什么会和查尔斯说这些，她和其他人都没有说过，现在倒好，全世界都知道了她的童年秘密。

查尔斯有些动容，想了想说：“但那是别人破坏了你的小花园，他们并不只是在一旁看着你。”

“不，他们事实上有没有破坏区别不大，只要他们在那里，我的感觉就被毁了，我就不再是我自己了。难道你没有过这样的感觉？”

“这个……大概小时候会……”查尔斯第一次有些犹豫，“不过现在早就没了。”

穗美看着他，眼波流动：“那么我倒有一个建议：关掉你的直播，感受一下在自己的世界里，一切只属于你自己的感觉，也许你会感到有区别的。”

“关掉直播？”

“也许只需要一分钟，你就会感到有什么不同。”

“不行，这会破坏我对收看者的承诺……”

“查尔斯，你不是说你推崇的价值是做自己想做的事吗？”穗美有些嘲讽地说，“难道仅仅是一个实验，你都不敢？”

“这个……”

“查尔斯，你不能听她的！”查尔斯眼前跳出了一个虚拟视窗，是丽莎通过脑桥芯片输入他视觉神经的，只有他自己能看到，直播者那边都被过滤掉了。

“可是，我只是想试一两分钟而已。”查尔斯也将自己的念头通过芯片发射出去。

“一秒钟也不行，几千万人在盯着，这关系到你的形象！”查尔斯仿佛看到丽莎声色俱厉的样子。

穗美察觉到了查尔斯的细微动作，她猜到了他是在用脑桥芯片和他人联络，她似笑非笑地说：“我猜，是你老板不让吧？那就算了……”

“老板？”查尔斯被激怒了，“我没有老板，我就是我自己的老板，可不需要听其他任何人的！”

他用大脑命令智能芯片停止直播，并在心里念出控制密码进行了确认。刹那间，似乎有一种嗡嗡的背景音消失了，四周异常地安静下来。这不是第一次他中止直播，但却是第一次为了中止而中止。感觉似乎确实不同。现在，无论他说什么，做什么，都只有眼前的这个女孩知道了。他和她之间一下子奇妙地亲密起来。

“感觉如何？”穗美问。

“没什么特别嘛，”查尔斯轻描淡写，“不过还不错。”

不，不是那么简单。仿佛世界消失了，只剩下他和对面的女郎，但又仿佛一个新的维度打开了，通往一个无限延伸的深邃空间。

八

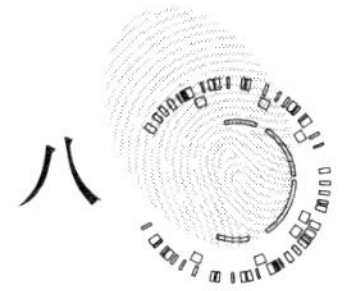

宅见直人喘着粗气，在一片蕨类丛林中狂奔，身后一头张牙舞爪的霸王龙追赶着他，每迈出一步，大地都发出震颤。但它走得不快，如同猫戏老鼠一样不紧不慢跟在他后面。直人几乎能感到它鼻子里喷出的热气。

直人竭力迈动步子，要逃离怪兽的魔爪，但越跑越大汗淋漓，腿脚酸软，脚步不由慢了下来。没多久，霸王龙一个大步，反超到了他前面，转过硕大的身子，张开血盆大口，咬向他的脑袋。直人不由大叫一声，瘫软在地上。

霸王龙和丛林消失了，变成了一行行浮动的数据："距离：546 米；时间：116 秒；平均速度：4.7 米 / 秒；肺活量：1250 毫升；健康状况：B-……"

朝仓的小圆脸朝他俯下来，直人趴倒在三维视景跑步机上，累得说不出一句话。

"才跑了五六百米就不行了？"朝仓嘻嘻笑着说，"我都能跑一千米呢，直人，你真是太久没锻炼了。"

直人总算能爬起来，喘息着说："什么事……都得……有个过程嘛……"

"那咱们继续吧，我把恐龙的速度再调低点儿？"

"不行……我得……先歇歇……"

他们坐到一边的视景躺椅上，自动便有凉爽的微风吹拂，面前出现了碧海蓝天的视景，涛声起伏，旁边还有两杯冰镇柠檬汁，这倒是真的。

凉风习习，一大口柠檬汁下肚，直人惬意得似乎每个毛孔都张开了：“好久没有这么舒服过了，运动过以后再来这么一杯，感觉太棒了。”

“在看查尔斯的直播的时候你也会锻炼吗——我的意思是，也会有锻炼的感觉吗？”

“倒是有……”直人说，“不过查尔斯的身体永远是那么健康有活力，我这身子没法比，再说因为有痛苦感的阈限，所以从来不会感到太累的。”

“所以啊，以后跟我多来这里锻炼吧！”朝仓笑盈盈地，“我们去游泳吗？”

“快看，查尔斯这混蛋终于滚出来了！”直人还没回答，旁边突然传来一声叫喊。

直人向一旁看去，看到墙壁上的投射屏正在播报新闻：“昨日在东京秋叶原失踪的著名美国飞行家查尔斯·曼在失去联络十七个小时后，于今日午间重新现身，他身边还有一位日本女性，亦即最新的绯闻女友细川穗美小姐……”

查尔斯又出现了！

昨天晚上，查尔斯听了穗美的怂恿停止了直播，此后一直没有恢复。直人手足无措，最后赶去秋叶原，结果刚出地铁，就看到人山人海涌向查尔斯所在的小吃店，却只看到查尔斯的“飞马座”号拔地而起，消失在夜空中。据说查尔斯和穗美遨游太空、享受二人世界去了，然后整整一夜都没有消息。直人左等右等，一无所获，今天百无聊赖之中和朝仓一起来健身房，想不到总算有了查尔斯的消息。

“……查尔斯拒绝接受采访，只说是飞船失去动力。但据媒体报道，他的飞船在近地轨道上停留了一夜，而细川小姐当时也在舱中……”

“你说他们干了什么？”直人听到旁边有人问。

“废话。”

“干了什么有什么区别，这家伙都不开直播了，我们半点儿也看不到。”

“因为那女的害羞吧……”

“反正我算看出来了，查尔斯说的那套什么自由啊共享啊都是假的，到时候直播还不是想关就关，根本没把我们当自己人。说穿了和其他明星有什么两样，一样的货色。”

“你这么说就不对了！”直人忍不住站起来抗议说。

那人也是个二十多岁的青年，诧异地看了直人一眼，反唇相讥：“我说什么关你屁事？”

“如果你喜欢查尔斯的话，怎么能这么说？你们不了解他吗？很可能只是芯片故障嘛！”

“原来是查尔斯的脑残粉，”青年不屑，“什么故障，你没听到昨天的直播吗？他说了是自己要停止直播的。”

“这个……就算是，那只是暂时的，以前在布拉格和仰光的时候不也有过这样的暂停么，你难道不理解人家需要有点儿自己的隐私吗？”

“我又不是那家伙的崇拜者，”青年冷哼说，“我收看他直播，只不过为了看他怎么约会女星，过把干瘾，结果仓井雅他不约，去找这么个女警，还停止了直播，那我还看什么？可笑！”

“你这种素质的收看者，根本就不配去收看查尔斯的直播，你怎么能理解他的生活理想？”

“这么说你倒是理解，可到头来不还是被他一脚踢开吗？白痴，懒得理你！”对方冷笑一声，扬长而去。

直人气呼呼地坐下，一肚子火不知道往哪里发。

新闻中继续播报着："……查尔斯的经纪人丽莎·古德斯坦女士表示，昨天的直播中断只是由于技术故障引起，目前直播已经完全恢复，她代表查尔斯为引起的不便而致歉……"

"直人，你不会又要赶回去收看查尔斯的直播吧？"朝仓小心翼翼地问。

"别问我，不知道！"直人恶声恶气地说。

"问问而已，你不用这么凶吧？"朝仓咕哝着。

"不好意思，"直人调整了自己，"我只是……"他不知说什么好，又颓然躺在椅子上。

直人的心里也在怨着查尔斯，这家伙凭什么关掉直播，凭什么中断我和他之间的联系？这些日子以来，他几乎已经能够感到自己融入了查尔斯的灵魂，当他说要关掉直播的时候，直人甚至发出了赞同的呼声，而没有想到自己会被屏蔽在外面，但是下一秒钟，直人就被抛回了自己的房间里。

那时，他才痛苦地感到，自己永远无法成为查尔斯，只是依附在查尔斯身上的游魂。

近三四年来，直人几乎无时无刻不在收看查尔斯的直播，每天他都生活在查尔斯的生活里，和他一起面对一切，一起参加竞赛，一起构思和写作，连美语都练得比日语更流利，几乎已经忘了自己是谁。只要他仍然把自己当成查尔斯，就可以取得一个个令人瞩目的成就，参加上等阶层的酒会，周游世界，住七星级酒店，享受粉丝的热爱，和许多漂亮女人一夜风流……

但最重要的不是这些，而是查尔斯身上体现出来的个人价值、自由精神和充满自信的生活方式，在查尔斯身上，他才感到自己活得像一个人。而他本人呢，宅见直人，一个不得志的程序员，一个人生的失败者，工作没有前途，日子了无生趣，和父母关系冷漠，女友跟别人跑了，连说得上话的朋友也没有，几年前他甚至想过自杀，如果不是查尔斯他说不定早已经过了黄泉比良坂。

是查尔斯给了他新生和希望，重塑了他的灵魂，让他觉得自己可以过一种有价值和尊严的生活。但现在，这一切又变了。直到昨天，直人才真切感到，查尔斯可以随意停止直播，切断对他来说不可分割的联系。过去的一切不过是自己一厢情愿的臆想，他纵然拥有和查尔斯一样的灵魂，却也无法真正拥有他的生活。

他还是宅见直人，也只能是他自己。不过，今天的经历让他觉得，或许暂时做回宅见直人自己，也不是什么坏事。当然，他还会收看查尔斯的直播，但不是现在……

直人下定决心，站起来，伸了个懒腰："朝仓，我们继续跑步去吧！今天我要跑够三千米呢。"

"好啊！"朝仓开心地笑了。

九

"查尔斯，我再重复一遍，你不能这么做！"丽莎在电话里怒气冲冲地咆哮着。

"丽莎，我跟你说过至少十次了，"查尔斯坚决地重申，"以后我和穗美在一起的私人时间不会进行直播，这是我的决定！"

"所以你每天的直播时间减少到了不到八个小时？这会扯断你和那些粉丝之间的纽带。这一个月以来你的收视率狂跌不已，上周只有不到两百万人还在收看你的直播了，你已经从收视冠军的宝座跌到十名开外了，醒醒吧，现在就是那个丑星小金凤的关注者都比你多！"

"那就让他们去关注小金凤好了，对我不会有什么损失。"

“查尔斯，”丽莎像在抑制住自己的不耐，放缓语气说，“听着，我们需要仔细谈谈，越快越好。”

“改日吧，”查尔斯冷冷地说，“今天是我和女友认识一百天的纪念日，今晚我可不想被人打扰。”

“可是——”

查尔斯不客气地掐掉了电话，对面的穗美眉毛一扬：“什么事？”

“只不过是工作上的事，没什么大不了的。”

“那我们继续吧！还没玩儿够呢！”

穗美笑着抓住他，查尔斯拦腰一抱，穗美就半倒在他怀里。看着穗美带着羞意的笑容，查尔斯心神荡漾，忽然穗美从他怀里挣脱，查尔斯感到脚下一绊，重心失衡，反而摔倒在地下。

“哈哈，你又输了！”穗美拍手大笑。查尔斯不由庆幸自己关闭了直播，要不然自己摔跤输给一个纤纤女郎的样子就会被全世界看到了。穗美毕竟是受过正规格斗训练的，看上去娇小柔弱，但真正玩儿起摔跤来，自己总是输多赢少。

“快，愿赌服输，变成小马！”穗美说，不等他站起来，就骑到了他身上……查尔斯只有苦笑着承担了马匹的角色，狼狈地乱爬起来。

从什么时候起，潇洒不羁的查尔斯变成了现在这副模样？

说来也巧，那天查尔斯关闭直播后，一堆无所适从的粉丝跑来围堵他，查尔斯和穗美只有乘着“飞马座”号狼狈离去，却忘了飞船的燃料几乎耗尽，到了太空就动弹不得。查尔斯打开直播，想要呼救时，才发现飞船上的中微子转换器也没有了电力供应，和外界全然失去联络。而他一次简单的饭后散步变成了在太空中十几个小时的惊魂漂流。

但也正是那次经历，大大拉近了他和穗美的距离。穗美从没有上过太空，那天因为失重飘来飘去，喝水都喝不进嘴里，不免有许多尴尬场面。那天并没有像人们想象中那样发生什么，但几天后，查尔斯带着一飞船的玫瑰再次飞到日本，软磨硬泡开始了第二次约会……他们终于成了情侣。只是穗美有一个原则，在他们约会的时候，绝不能打开感官直播。查尔斯答应了下来，而不久后，他就在这种私密关系中发现了新的乐趣。他会去做许多从前根本不会想去做的事，扮小猫小狗，说白痴兮兮的情话，像孩童一样打打闹闹，怎么轻松怎么来，而不是在全世界的注视下，完美地展现他的情人风范。

在许多年之前，查尔斯也曾经有过这样放松的人生岁月，只是在年深日久的直播中，他已经忘了过去的自己。

今晚，在查尔斯新买下来的箱根湖边的别墅里，又是一次温暖而自在的约会，没有那么浪漫，也不一定很激情，但却可以由着他们胡闹。

"喂喂，骑够了没有？"查尔斯抗议着，把背上的穗美掀了下来，压在身下，开始吻她的脖颈："あなた……"他学会了日语中表示老夫老妻的称谓，"我爱你……"

"嗯……"穗美目光迷离，双唇呢喃而湿润。整整一个夜晚在他们面前，不会再有其他人注视，这个房间完全是属于他们的……

他伸出手，要解开穗美的衣襟，却颤抖着指向了另一个方向——

他的一记耳光狠狠地抽在了穗美脸上。

穗美的微笑凝固在脸上。她呆住了，一句话也说不出来，双目难以置信地望着查尔斯。

"查尔斯？"过了片刻，穗美才叫了出来，"你疯了？"

查尔斯面目狰狞，脸上的肌肉不住抽动，抬起手指着门口，言简意赅地说："滚！"

"查尔斯，你怎么能对我——"

查尔斯粗暴地推开她，"出去！"

穗美惊骇欲绝，怔怔地盯着查尔斯看了半天，终于爬起来，披上外套。"查尔斯，你真是个混球！"她飞起一脚踢在查尔斯的裆下，然后头也不回地冲了出去。

下体传来的疼痛让查尔斯弯下了腰，然后跪倒在地，双手撑着地板，喉咙痛痒难当，他剧烈地咳嗽起来，几乎连肺都要咳出来，眼中都是泪水。四肢也都在奇异地抽痛着，不知过了多久，当他从肌体的苦楚中稍稍恢复过来时，才发现面前有一双红色的高跟鞋和一对修长的丝袜美腿。

查尔斯抬头望去，看到了丽莎·古德斯坦熟悉的面容。

“丽莎？”查尔斯惊讶地爬起来，“你怎么来了？”

丽莎的表情似笑非笑，“你不肯来找我，我只有自己来了。”

“可是你怎么知道我在这里？我明明是关闭了位置查找的功能，还有——”

丽莎没有回答，却反问：“一巴掌赶走自己的女朋友感觉如何？”

查尔斯又感觉到眼前开始模糊：“你怎么知……这么说，刚才难道是……是你……”

丽莎轻轻抚摸着他的脸颊，用悲悯的口吻说：“查尔斯，查尔斯，不要怪我，这是你逼我们的。”

最可怕的怀疑被证实了。他瞪圆了眼睛，喃喃说：“你能通过芯片控制我的肢体？是你的人在操纵我？可是，那种芯片怎么会……怎么……我以为只是单方面输出的。”

“不存在纯粹的单方面输出，其他人能够通过中微子波束接收到你的脑波，你也能接收到其他人的。”

“可我以为只是感官知觉，想不到居然……”

丽莎的目光中带着不屑和怜悯：“查尔斯，你不知道的事情还很多呢，让我们从头说起吧。你记得十年前的那个秋天吗？那是你初赛告捷之后的第二年，你花了几十万改装飞船，参加飞行比赛，雄心勃勃想要夺冠。结果一败涂地，血本无归。你走投无路，打算放弃自己的飞行事业，回家接手你父亲在田纳西乡下的小农庄。”

“我记得，是你在一个小酒吧里找到了喝得烂醉如泥的我。”查尔斯回忆着，那是一段他平素不愿意去想的记忆，“当时你告诉我，你是一个脑科学实验室的工作人员，正在试验一种脑桥芯片，可以实现不同人之间感知功能的共通。如果自愿参加，成功了可以有二十万美元的酬劳，如果损害我的健康，更有极其高昂的补偿金。我为了筹集下一次参加比赛的资金，接受了手术，不久就开始了实验性质的直播。”

“但事实上，那不是真正的实验，”丽莎接口说，“十五年前，贝尔实验室发明了一种芯片，可以嵌入人的脑桥部分，本来是用来实现脑机关联，结果不甚理想，却意外地发现，它可以实现不同人之间的脑波传递。在你之前已经有过好几次实验，动物的、人的，技术上都很成功。但这项划时代的发明却找不到用处，没人想在脑子里装一个金属盒子，把自己的意识状态传递给别人，虽然他们并不反对看到别人的。

“为了推广这项技术，我们找了几个普通人，许以优厚的报酬，说服他们进行直播，这倒是问题不大。可问题是，除了个别好奇心过剩的家伙，同样没有人愿意在自己脑子里动一刀，就为了看到区区几个无名小卒的家长里短。

“因此我们想到了一个更好的主意：如果有令人感兴趣的名人愿意直播自己的生活，示范效应是显著的，会带动大批粉丝和其他民众接受脑桥芯片，整个产业就激活了。

“我们很快和一些电影明星、运动巨星和知名作家接洽过，但是很可惜，没人乐意。这也不奇怪，如果你已经功成名就，生活安逸，干吗要冒险把自己头颅打开，装上那么一个古怪玩意，让所有人都看着你的一举一动？因此，我们需要物色一个合适的人选，作为这场新技术革命的突破口。上头决定，找到一个有潜质的草根少年，包装他，宣传他，让他成为感官直播的代言人。”

十

“所以你们就找到了我。”

“是的，”丽莎直言不讳，“你当时已经小有名气，却陷入事业的瓶颈，你需要钱，因此会接受手术。你从心底渴望那种被万众仰望的感觉，因此对直播不会有很大抵触。你相貌英俊，性格风流，这对我们更有利。只要你的事业能够成功，就能吸引越来越多的人收看你的直播。让自己转眼间和世界上最酷最有型的风云人物合为一体，这个诱惑没有几个人能经得起。”

“原来如此，可是为什么偏偏是我？你们怎么知道我将来能够获得巨大的成功？”

“呵呵，”丽莎笑着摇头，“查尔斯，亲爱的，你果然还是那么自恋。你还不明白吗？”

查尔斯内心已经隐隐明白，浑身一阵冰冷，但丽莎毫不留情地揭穿了这个秘密：“当然并非‘偏偏’是你，你只是我们留意的诸多对象之一，选你只不过是偶然。如果我们选中了其他人，一样能把他推向成功的顶峰。查尔斯，你从来不是靠自己，没有我们就没有你。”

“这么说不公平，我的成功的确有感官直播的帮助，但也是靠我自己的努力！”查尔斯挣扎着抗辩说。

“你的努力？”丽莎冷笑，“查尔斯，你做了十年的美梦，该醒醒了！你真以为自己是不世出的飞行天才？这些年你之所以赢得那些比赛，那些驾驶经验和技巧只是次要因素，根本原因是你拥有比其他人更好、价格更昂贵的飞船，你可以找到最专业的设计师和各方面的技术专家，这些都是用钱买的。你的飞船就算自动驾驶，说不定也可以飞第一。”

查尔斯涨红了脸，却无从反驳：“这……就算是用钱买的，也是我自己的钱！我为许多飞行器厂商做广告，还有厂商赞助，这是我的正当收入。”

“无非是鸡生蛋蛋生鸡的老问题，那些赞助是谁为你安排的？那些广告业务是谁为你打理的？那些最新款的飞船，刚从风洞里出来就成为你的座驾，那些最先进的引擎和最高级的主控电脑，最舒适的船舱和空气调节系统，被最专业的技师以最合理的布局组装在你的飞船上，你觉得这一切都是理所当然的？难道他们就必须为你服务？查尔斯，你不是笨蛋，但是这些年你被鲜花和掌声包围，让你看不到许多事情。”

“这么说，这一切背后都是你，还有贝尔实验室在搞鬼？”查尔斯恍然大悟，“怪不得，我一直觉得你有点儿古怪，一开始你代表实验室，后来又在芯片公司，然后当我的专业经纪人……你背后的老板究竟是谁？”

“你不用问，问了也没有意义。贝尔实验室、卡特尔纳米技术、高纳利文化娱乐、狮鹫之星传媒、代卡洛斯飞船集团、斯普林格出版社、时代传媒、太平洋电视台、美利坚民主基金会……和你打交道的这些公司和机构，是一个庞大的利益共同体，都是其中一分子，但没有谁说了算，如果说有一个幕后大老板，那既不是美国政府也不是罗斯柴尔德家族，而是资本本身。你是整个体系中最重要的环节之一，但绝不是独立的。可如今，你的自作主张危及了共同的利益。”

“就因为我减少了感官直播？”查尔斯不禁苦笑，“可现在你们已经形成了产业链，有十万人在进行直播！为什么还不肯放过我？”

“但是没有人比得上你，查尔斯。虽然今天许多人开通了直播，但是肯终日直播自己的人还不多，你是其中最重要的一个，是我们打造出来的直播时代第一位偶像，人们去收看小金凤那些三流货色只不过是猎奇罢了。但你却以自己的生活方式，实现了上亿人的梦想。你对整个事业的重要性无可取代。你那本《我的直播生活》在全球卖了超过三亿册！你象征着一种全新的生活方式，如果你要退回到偶尔直播的状态，直播就只变成了一种娱乐和调剂，不会再有那么多人痴迷，也许要花十年二十年才能恢复。”

查尔斯冷哼了一声：“嗯，你们不是很能打造偶像么，再打造一个好了。”

“为什么要重复已经做过的工作？这些年你的名字已经成了世界上最响亮的品牌，就拿你的小说来说，全球销量随便可以卖到几千万册，但是如果以杰克逊·史密斯的名义出版，可能几千册都卖不动。”

“等一下，”查尔斯隐隐觉得不妙，狐疑地盯着丽莎，“杰克逊·史密斯是谁？”

“当然了，你从来不知道他。”丽沙用一种古怪的腔调说，“杰克逊·丹尼尔·史密斯，得克萨斯州立大学毕业，一个不得志的小说家，好莱坞前编剧，出过三两本总共卖了不到一万册的小说，编过一些没人知道的B级电影，离过两次婚，四十岁不到就秃顶了……顺便说说，他还是你大部分小说的作者。”

“你疯了！？”查尔斯再也忍无可忍，“你到底在胡扯什么？”

“你不必那么激动，”丽莎淡淡地说，“回想一下，在你移植芯片之前，虽然你是一个三流文学爱好者，也写过一些散文和小故事，但从未写过长篇小说，为什么在第二年，你的成名作《雅典神殿》就横空出世？”

“我什么时候开始写作和你有什么关系？再说这能说明什么？”

“想想吧，但你这些大获成功的小说，每部中关键的绝妙情节不都是忽然蹦入你脑海的吗？你认为那是缪斯给你的灵感？事实上，灵感也是一种感知，你大脑中有一小块区域——大约在额叶位置——决定了你的综合思维和自我意识，不可侵入——不是完全无法进入，只是一旦进入后，你会变成思维紊乱的精神病人。其他的部位，无论是感觉和运动皮层，还是语言中枢，都可以转译他人的脑波。我们只是根据史密斯的构思，让你的语言中枢产生出相应的概念，当神经冲动被额叶所综合时，就被你的自我意识认为是自己的灵感了。”

“这不可能，”查尔斯大吼着，“那些灵感，明明是我自己苦思冥想出来的……那种创作的感觉……怎么……怎么会是什么史密斯的？”

“在未来，很快就会不再有‘自己’了。所谓自我只是额叶前端一小片决策神经区域制造出来的幻象，但我们却天真地以为它包含了从感觉到情绪和思维的一切。但感官直播时代撕裂了这些关系。查尔斯，你站在了新时代的开端，你是新时代的使徒。”

查尔斯委顿在墙角，忽又爆发出一阵神经质的笑声：“哈哈哈，真有意思，你花了这么长时间告诉我，我是一个一无是处的废人，我所自以为傲的成就，都不过是幻觉，现在你又对我说，我是什么使徒？”

“真相往往是令人刺痛的，”丽莎说，“但是沿着这个方向走下去吧，很快你就会知道，你是废人还是天才并不重要。重要的是你感到你是什么。纵然那些灵感是来自杰克逊·史密斯的，但你仍然感到千真万确是你自己的创作，这就足够让你自己获得写作的满足了。

“在外面的世界，有千万人每天都感到，他们就是你，是查尔斯·曼，是大写的人（Man），他们不在乎自己实际上是什么玩意。至少有上百万人完全被你同化了。你给了他们本来惨淡的人生以希望。这个数字还将不断增长，没有人能抵抗这至高无上的诱惑。随着脑波传递技术的完善，将来还会有更多的人，几亿，几十亿加入这个行列，一旦开始收看直播，就会欲罢不能。而不久的将来，有很多更深的感觉和情绪能够传递，甚至是思维，最终会变成什么样没有人知道，但是这是一个真正技术奇点的开端。传统的个人生活将一去不复返，世界会变得越来越匪夷所思。”

“可这不是我的理想，我的理念一直是让每一个人成为他自己，追求自己的价值！”

“不，”丽莎摇头，“事实是，即使是你的崇拜者，每个人都愿意成为你，却没多少人愿意成为自己，这就是人性。”

“好，”查尔斯咬牙切齿地说，“纵然我的一切都是假的，至少我的理念是真的，我不会放弃这个理念。告诉你，我会揭露今天你跟我说的一切。”他试图打开直播，但是不知为何没有反应。

“查尔斯，相信我，你最好不要尝试。”丽莎讥诮着，“在我们背后，有超过一打人现在正在监视你的一举一动，无论任何时间场合，只要你说出超过三个字可能被别人听到，他们就可以开始远程控制，让你立刻胡言乱语，变成不折不扣的疯子，你忘了自己是怎么赶走你的女朋友的吗？”

查尔斯颓然捂住了脸，绝望地瘫倒在地：“既然你们这么强大，为什么不直接控制我的身体，让我说你们想让我说的，做你们想让我做的，让我变成一具行尸走肉？”

“我们还没有这样的技术能力，感觉和运动涉及的大脑皮层不同，特别是你的肢体运动部分，需要的参量太多，计算量很大，控制起来也很费劲，刚才让你说出那些话已经很困难了，而且相当不自然。”

“可惜穗美她没有察觉这些微妙的差异，否则你们做的一切就会穿帮了。”

“不，已经穿帮了。”

一个清脆的女声高声说，查尔斯转过头，就看到穗美明艳的身影又出现在房门口。

十一

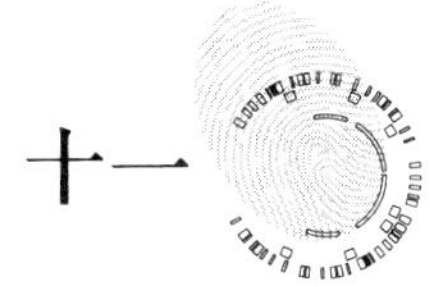

“穗……穗美？！”

“我回来了，”穗美对惊讶的查尔斯点点头，“刚才我确实想一走了之，但作为职业警察，我对一个人说话语气的自然与否总算有些经验，很快就想到了蹊跷之处，于是到了门外又重新折返，结果发现还有一个人在这里。我在门口已经听到了你们说的一切，你放心，我没有装什么脑桥芯片，他们对付不了我。”

“查尔斯，你必须让她闭嘴！”丽莎看了一眼穗美，扭头对查尔斯说，语气变得惶急起来，“如果你不想身败名裂的话。听我的，继续跟我们合作，你还可以享有一切名利和地位。至于保留个别隐私时间也不是不可以商量……”

“和你们合作？”查尔斯牙齿咬得咯咯作响，“丽莎，你刚才还威胁要让我变成白痴！”

“查尔斯，你冷静点儿。那是不得已的选项，你是我们千辛万苦塑造出来的，只要有可能，我们不会碰你，今天我也只是想劝告你。”

“你们必须给查尔斯以自由，把那见鬼的芯片给拆下来，”穗美面对着丽莎，“刚才那些话我已经录下来了，如果查尔斯有什么闪失，我会立刻向媒体曝光整件事。虽然你们财雄势大，但想必还无法控制全世界。舆论不会站在你们这边，如果人们知道脑桥芯片可以侵入他们的大脑，控制他们的行为，你们的事业会立刻崩溃。古德斯坦，你们再也挟制不了查尔斯了。”

丽莎看了看穗美，又看了看查尔斯，无奈地苦笑：“看来我们是陷入僵局了。取下芯片，牌就全攥在你们手上，没有人会蠢到答应这种自杀式的条件。但如果你们要泄露真相的话，查尔斯也随时会变成一个白痴，穗美小姐，你忍心这么做吗？”

一时间，室内三个人都沉默下来，但空气中的紧张却丝毫未有纾解。

“好吧，无论如何，你们不能再摆布查尔斯了。”过了一会儿，穗美带着让步的语气说。

“对，”查尔斯的声音中充满痛苦，“我希望你和你代表的势力离开我的生活，滚得越远越好！我和你们以后再无瓜葛。”

丽莎的脸色阴晴不定，良久说：“你的意思是，我们不再干涉你们，而你们也会将一切封在肚子里，绝不外泄？”

查尔斯点了点头，现在他唯一想做的只是摆脱这个噩梦：“如果你们能放过我们。”

“但你将会从成功的巅峰跌落，从此失去一切。”

查尔斯面色惨白，摇了摇头：“我从来没有什么成功，一直在做一个可笑的美梦，只是今天才终于明白，我只想快点儿结束这个错误。”

丽莎看向穗美，穗美不语，似乎也默认了查尔斯的决定。丽莎终于下定决心，点了点头：“好吧，如你所愿。但你记住，不论你是否打开脑机连接，你的一举一动我们都能看到，不要想在我们眼皮底下玩什么花样。查尔斯，你是聪明人，不会给我们添乱的，是不是？”

查尔斯缓缓点了点头。

“同样，你们也别想玩花样，”穗美提醒她说，“有关资料，我会妥善存储，如果我和查尔斯有什么问题，网络上很快会铺天盖地都是你们最不想看到的东西。”

一丝冷笑划过丽莎的嘴边："那就再见了，查尔斯，我的老朋友，希望你不会后悔。"她转过身，大步从穗美身边走过，离开了客厅，不久，外面传来了小型飞车发动的声音。

查尔斯委顿在地，一句话也说不出来。穗美走到他身边，跪坐下来，无言地将手放在他脸颊上。查尔斯望着穗美，她的眼神充满关切，她的手触感温暖而绵软，身上的气息芬芳淡雅。

他知道自己失去了一切，但却拥有了这个女人。从今以后，也许他们将像普通的男女一样，度过平凡的一生。

查尔斯抱住穗美，放肆地号啕大哭起来。穗美像母亲安慰孩子一样，轻轻抚摸着他的头发。而查尔斯却抽泣着，抱得她越来越紧，让她喘不过气来，但那是一种悲恸中闪现的幸福。

等到穗美发现查尔斯实在抱得太紧的时候，已经太晚了。

不知什么时候，查尔斯已经压在她身上，双手紧紧地卡在了她的脖颈上，两只大手拼命压向她白皙脖颈的深处，力气异乎寻常地大。双目奇异地外凸着，喉头发出咯咯的声音，仿佛被掐住脖子的是他自己一样。

"查尔斯……放……放开……"穗美无力地叫着，但几乎吐不出一个字。她的身体被紧紧压住了，双手拼命在查尔斯的胳膊上抓挠着，但查尔斯好像全无痛觉，目光呆滞。

穗美明白了，是丽莎·古德斯坦，如今事情已经激化，她绝不会放过他们。眼前一阵阵发黑，意识渐渐模糊，生命即将离她而去，穗美只是本能地蹬踢着双腿，做最后的垂死挣扎——

但猛然间，查尔斯的头俯下来，一口咬在了自己手腕上，鲜血直流，虎口不由稍微松了一下。穗美什么都来不及想，趁机掰开查尔斯的手，将他推开，连滚带爬向房间另一边跑去。查尔斯摇摇晃晃地想站起来，又站立不稳摔倒在地，手脚剧烈地抽搐着。

"穗美……快走……"查尔斯扭曲的声音从沾满血的嘴里传出来，

显然正在和篡夺自己身体的入侵力量搏斗。

穗美不知如何是好，她不敢逗留，但也不能就这么离去，忽然用眼角的余光瞥见墙角一个六角形的黑色机箱，闪念之下，一个箭步冲过去，将那东西举起来，狠狠砸在地上。一声闷响，箱子在地上翻滚了几下，裂开一条大缝，穗美还不放心，又狠狠踩了几脚上去，机箱发出一系列生脆的断裂声，冒出了几缕淡淡的青烟。

查尔斯忽然不动了，像瘪了的皮球一样瘫在地上，只有张着嘴喘着气。穗美冷静下来后，过去扶起他："没事了，我已经毁了中微子转换器，现在他们没法再控制你了。"

"但我们现在不能离开这间屋子，"查尔斯的声音虚弱无力，"外面到处都是中微子信号站。"

穗美知道，整栋别墅因为她的坚持，除了只设了一个中微子转换器，还对外面的信号进行了屏蔽。但只要离开这栋房子，查尔斯随时会再度被丽莎那些人所控制。

"那……怎么办？"

"只有打电话，叫记者来，"查尔斯闭上眼睛，"我们要立刻召开新闻发布会。"

一个半小时后，客厅里满满地都是记者，包括二十多家日本媒体和十七八家外国驻日媒体。人们好奇地盯着凌乱的房间和身上带伤、狼狈不堪的查尔斯和穗美，想知道究竟发生了什么，交头接耳，大部分人的目光中都有"多半是有什么桃色纠纷吧"的猜测。

"晚上好，"查尔斯没有多废话，从沙发上站起身说，"今晚叫大家来是因为——"

人们全神贯注地留意下面的内容，但查尔斯却卡住了，目光透过众人望向后面的什么地方，仿佛看到了某些东西，嘴唇微微翕动，仿佛在和看不见的东西说话。

"查尔斯！"穗美觉得不对劲，抢过话头说，"诸位，今晚我们要告诉大家一件——”

“——一件重要的事，”查尔斯却仿佛回过神来，又接了下去，神态一下子变得疲惫，“我决定参加下个月的冥王星超远程飞行大赛。”

“什么？”穗美惊诧不已。冥王星超远程飞行大赛只是一个名大于实的噱头，查尔斯这样功成名就的飞行家根本没有必要参加。前几天被询问的时候，查尔斯还明确表示不会参加。

“大家知道，”查尔斯说下去，“这是人类有史以来最长距离的飞行比赛，远超过之前的地球轨道环日拉力赛。虽然现在只是刚刚开始举办，但将来会成为人类的标志性成就之一。我听说现在报名参赛的人很少，我想要拿第一个冠军应该问题不大，等以后可就难说了。”

人群中发出轻轻的笑声。穗美看到查尔斯说话的神态相当自然，不像是被人控制的样子，几次想打断他，却终于忍了下来。

查尔斯话锋一转：“不过因为冥王星距离地球三十多个天文单位，整场比赛将持续两年。因为光速的限制和信号衰减，在这段时间恐怕无法再进行感官直播了，非常抱歉。”

人群中发出一系列不满的抗议声，显然其中不乏查尔斯的粉丝。

“那细川小姐呢？你们不是要分开两年吗？”有人问。

查尔斯拉住了穗美的手，在她手心饶有深意地捏了一下：“两年的时光不算久，我相信对我们不是障碍，我会在冥王星的亿万年冰层上，刻下穗美的名字。”

……

“查尔斯，这是怎么回事？”当记者散去后，穗美不解地问。

查尔斯疲惫地揉着太阳穴：“不知哪个记者带来了便携式中微子转换器，让他们能够重新打开我脑中的视觉对话界面，给我传达了一个信息。”

“难道他们又威胁了你？”

查尔斯摇了摇头："不是我，是全人类，他们手上有人类的命运……"

"至少一亿人，你记住。"他回想起对方在他视野中闪现的信息，"一亿人的生命安全直接掌握在你的手里，如果事情泄露，我们或许没有能力控制所有的人，但是至少可以在几分钟内传播各种紊乱的脑波，大部分人会暂时精神错乱，还有些人会永久精神失常，不知道会发生多少起车祸和各种事故，也许还有几个人会按下核导弹的发射键……世界将会因此天翻地覆。比起这场浩劫来，世界大战都算不了什么。或许地球会在几天内返回石器时代。"

"所以我只能住口，让你们一步步推广那些可怕的芯片，让所有人变成迷失自我的奴隶，直到你们控制了世界，再也不怕外在的威胁。"

"这是历史前进的方向，或者我们将一直走下去，走向一个崭新的未来，或者将爆发激烈的冲突，将会有上亿人死亡，世界重返远古蛮荒。最终的选择在你手里，查尔斯。"

"你们手上有一亿个人质，我还有选择的余地吗？"

"这说明你作出了正确的选择，所以能及时改口，避免了一场大麻烦。不管怎么说，去冥王星的主意不错。我们双方可以不必直接冲突，你也不必担心再被我们暗算。两年后等你回来，不再是世界的焦点，就可以过自己想过的生活了。"

"而我也可以做出真正属于自己的成就。我要证明自己不是一个傀儡，而是不可战胜的查尔斯……"

"查尔斯？你怎么了？"穗美把他从沉思中唤醒。

"没什么，"查尔斯揽住穗美的腰，抚摸着她长长的头发，怜惜地说，"一切都会好起来的，我保证。"

十二

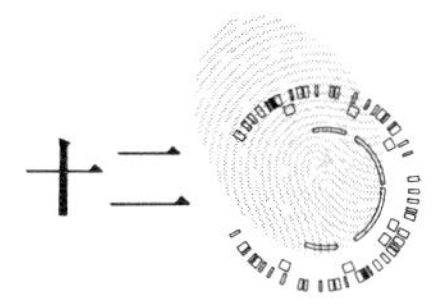

查尔斯的最后一次感官直播，收看者达到了史无前例的三千万人。三千万双眼睛，随着查尔斯的步伐，一步步走进发射场，面对周围沸腾的人群和头顶蔚蓝色的天空。

发射场在传统的日本宇航中心鹿儿县种子岛，二十四艘形态各异的飞船停在巨大的发射场中央。但和旧时代不同，如今飞船发射不再需要庞大笨拙的发射架，随着宇航科技的进步，可以在地球上任何地方起飞，直冲长空，在这里出发只是一个仪式而已。

这是一个不小的进步，但人类的太空探索仍然在初级阶段。今天的这次宇航大赛，并非只是到月球或火星，而是几十亿千米外、除了几个探测器尚无人类踏上过的冥王星，往返仍然需要两年以上的时间。

比赛中，所有的飞船在离开地球后，将利用太阳光帆和各大行星引力场加速，飞向太阳系尽头的冥王星。再合拢光帆，用剩余的燃料返回。虽然原理并不复杂，但横贯整个太阳系的近百亿千米来回，仍然是一场惊心动魄的无涯之旅。

成为第一个踏足冥王星的人类，将是太阳系探索史上里程碑的事件。因为冥王星并没有多少科研价值，也被开除出了大行星之列，所以各国政府在无人探测器后，并没有进一步载人登陆的计划，但毕竟名声响亮，民间宇航爱好者却前赴后继。几十年中，有过七八次载人飞船飞向冥王星的尝试，但大部分中途因困难折返，有的在小行星带被微流星撞毁，有的无声无息地消失在太空深处，冥王星是死亡之星的说法流传开来，近十多年没有人敢于再尝试登冥之举，直到这次大赛，才重新唤起了飞行家们征服宇宙的热情。

特别是由于人气偶像查尔斯·曼的参赛，使得这场比赛变得举世皆知，虽然许多人抱怨以后无法再收看查尔斯的直播，但他的勇气和坚韧仍然打动了亿万民众。本来寥寥无几的参赛者，也迅速增加了两倍之多，虽然只有二十多人，但都是飞行精英，让这次比赛变成了一场真正的大赛。

“查尔斯！”在沸腾的人声中查尔斯听到一个熟悉的声音，转身看去，是他的老对手乔治·斯蒂尔，正向他走来。

“乔治，感谢你每次都来当我的陪衬。”查尔斯微笑着说。

“查尔斯，你这个花花公子，”斯蒂尔咧开嘴，轻轻给了他一拳，“告诉你吧，这次你一定会输给我。”

“哦，为什么？”他们一起肩并肩向场中央走去。

“听说你拒绝了卡特尔公司和代卡洛斯集团赞助的高级设备，只是从几个小制造厂那里订购了一些普通装备，甚至飞船的基本布局都是自己设计和组装的？你太自大了，卡特尔纳米的光帆制造技术无与伦比，在同样重量的情况下面积可以比其他公司的产品大三分之一，你应该知道这意味着什么。”

“我知道，不过斯蒂尔，我以往太依赖技术优势了，这回我想靠自己的实力赢。”查尔斯诚恳地说。

“这么说，你只能靠不断压缩生活空间来减负，达到一定的速度？”斯蒂尔惊诧的眼神中带上了几分敬意，“虽然是保密的，不过我设法研究过你的飞船构造，结论是如果要有获胜的可能，你的生活舱必定小得可怜，几乎得和一个棺材差不多，许多娱乐休闲设备都得丢掉，甚至转身都困难，你愿意像苦行僧一样过上两年？这可不像你的风格。”

“为了飞向星辰的尽头，这是我们的宿命，”查尔斯说，“斯蒂尔，如果有必要，我相信你也会做同样的事。”

斯蒂尔不由点了点头，又一笑说：“无论怎么做，这回你都够呛了。不过查尔斯，你的确是一个了不起的人物，好了，将来两年里，我们可以通过无线电慢慢聊天，也许我们会变成朋友的。”

他们像两个亲密的朋友一样，说笑中走到了各自的飞船前，做最后的检查和准备活动，许多飞行家在同家人和朋友话别、亲吻。查尔斯检查引擎的时候，一个身影向他走来，查尔斯抬头望去，是一位纤细柔美的女郎。

“小雅？”他站起身。

“查尔斯，”仓井雅姿态娴雅地走向他，“我是来送你的。”

“谢谢你。”

“不，我该谢谢你，查尔斯。其实……我也是来向你道歉的。”

“道歉？”

“查尔斯，”仓井雅楚楚地说，“你知道，两年前我只是一个名气不大的演员，上不了台面，而且年纪也渐渐大了。所以两年前，我精心安排了和你在马尔代夫的那次所谓‘偶遇’，然后我……勾引了你，和你有了一夕之缘。全世界都看到了那次直播，我成了整个世界的性感女神，以后我青云直上，进军主流影视界，最近还接了一部好莱坞电影。这都是你带来的，没有你，我不会有今天。”

“别这么说，这也是你自己努力的结果。”

“但以前那些甜言蜜语……都不是真的。”仓井雅凄然，“只是我为了往上爬的手腕，我利用了你，我欠你一个道歉。”

“别这么说，仓井小姐，”查尔斯也改了称呼，叹息说，“生活就是这样，我们往往是在逢场作戏，只是有时候自己入戏太深，真的把自己当成了扮演的角色，这不是谁的错，你也无须道歉。”

“无论如何，”仓井雅掏出一个精致的布包，“查尔斯，你是一位很好的朋友，和你在一起我很开心，也学到了很多东西。衷心祝福

你能获得胜利，这是我从明治神宫求来的平安符，你带在身上，神明会保佑你的。”

查尔斯深深地看了一眼仓井雅，接过了布包：“谢谢，我会带在身上的。”

“那……我先走了。”仓井雅轻轻拥抱了查尔斯，转身离去。

望着仓井雅的身影，查尔斯的嘴角泛起了一抹复杂的苦笑。他清楚，仓井雅对他说的那些话，仍然是在利用自己最后的剩余价值。他和仓井之间的男欢女爱一向不过是各取所需，不仅他们自己，就是每一个直播的观众都心知肚明。但最后仓井的表白，无疑大幅提升了自己的形象，让人觉得她是一个重情义的好女人。

但这并不是说仓井雅全然虚伪，这些话虽然肯定经过精明的考量，但可能同样是真诚的。我们每个人都在表演，从前是这样，在直播时代更是这样。或许我们的真诚，只是一种真诚的自我表演……

“对了，”仓井雅忽然又转过身来，好奇地问，“查尔斯，细川小姐呢？怎么没有见到她？”

“这个……她有点儿不舒服，”查尔斯说，“不能来了。”

“哦，是这样。”仓井有些奇怪地看了他一眼，眼神中带着胜利的笑意，没多说什么。但查尔斯知道，仓井对穗美“抢走”自己一向是很不忿的，如今她认为自己和穗美之间一定出了什么问题，所以穗美才没有来。

但穗美不需要来送他，也不应该来，如今，她藏身在一个绝对安全的地方，掌握着至关重要的证据，以防丽莎和她背后的那些人再趁乱对他们不利，将他们同时杀害。当他离开地球后，对方就再也无法通过脑桥芯片控制自己，穗美会和他每天保持联系，如果对方对穗美下手，自己就可以通过无线电通信公布一切。目前来看，这是最好的办法了。

查尔斯望向远处欢呼的人群：或许这是我最后一次站在舞台中央

了，最后一次成为人们瞩目的焦点。斯蒂尔很可能是对的，这次我的飞船毫无优势，没有获胜的希望，我终将失败，然后被世界遗忘。

但那又如何？飞向太空，飞到那最远最远的星球上去，是我一生的梦想。并非只有冠军才有意义，相反，只有当宁愿割舍其他许多东西，你仍然要实现它的时候，才是真正的梦想。

查尔斯，这是最后的机会，做你自己。在这个星球的喧嚣浮华中失去的，你会在广袤无垠的太空中找回来的，那里有真正的宁静和救赎……

最后时刻，几十名经过遴选的幸运观众进入发射场，和各位参赛者合影。大部分人都首选和查尔斯合影，查尔斯微笑着一个个接受了，还一一给他们的书或衬衫签了名。最后站在他面前的，是一个身材平平、衣着朴素的少女，举止中还带着几分羞涩。

“您好，查尔斯先生。”少女局促地说。

“你好，你是……”

“我叫朝仓南。”少女说。

查尔斯点点头，并没有什么反应。但在他思维的背后，另一个意识却忽然在震惊中醒来：怎么是她？她在这里干什么呢？她……什么时候变成查尔斯的粉丝的？

“朝仓小姐，很高兴见到你，您要和我合影吗？”

“嗯，好的。”朝仓站在他身边照了张相，但照完相后，却迟迟不肯离去。工作人员上来要拉她离开，被查尔斯用手势阻止了。

“朝仓小姐，我还能帮你做什么？”查尔斯问。

“对不起，查尔斯先生……”朝仓深深地向他鞠了一躬，红着脸说，“我想做一件事，请你帮个忙，可以吗？”

“只要不违法，乐意从命。”

朝仓又手足无措了好一会儿，才抬起头，勇敢地直视着查尔斯的眼睛，张口说：“私……私は直人君のことを大好きよ！”

查尔斯不明白她在说什么，但另一个意识却忽然明白了，他知道了为什么朝仓会千辛万苦出现在这里，并非为了查尔斯，而只是为了对他说一句话……

“我……我非常喜欢直人君呢。”

但查尔斯还没有反应过来，朝仓已经迈上前两步，勾住了查尔斯的脖颈，踮起脚尖，吻了他的嘴唇。直人感到，她的嘴唇轻薄，绵软而湿润，带着夏日的芬芳和少女的气息。

“直人，”朝仓哀婉地在查尔斯耳边说，“我就在你身边，可你非要通过千里之外的查尔斯，才能感到我的存在吗？”

保安随即冲上来要把朝仓拉开，但查尔斯大概明白发生了什么，让他们不要动手，对朝仓说：“小姐，相信你心爱的人会明白你的心意的。”

然后，他轻轻地对他根本不认识的直人说：“幸运的家伙，不要错过身边的幸福哦。”

……

不知什么时候，直人退出了脑机连接，望着房间的天花板，觉得泪水充满了眼眶，又从眼角流下。

收看查尔斯的直播许多年，他和无数美丽的女性有过令人艳羡的浪漫和风流，但他在心底知道，那些和他无关，只是查尔斯的魅力所致。但他宁愿让自己忘记这一点，让自己沉浸在查尔斯的幸福生活里。

但今天，在最后的这场直播中，在他融入查尔斯的三年中第一次也是最后一次，一切颠倒过来了：那句话，那个吻，是为了他，宅见直人，而不是查尔斯。

他不是查尔斯，也永远不会是查尔斯。但他仍然可以做他自己，拥有自己渺小却并非卑微的幸福。有些甚至是查尔斯也无法企及的。

直人坐起身，还觉得头脑昏沉沉的，又是自我麻醉的一天。但以后不会了，查尔斯的直播如今已经结束，即使他从冥王星回来，可能也不会再开启。而直人会去寻找新的生活，寻找属于自己的幸福。

直人下定决心，拨打了一个电话，在响了好几声后，终于被那边接起："莫西莫西，我是朝仓。"声音中带着几分紧张和期待。

直人还没有说话，蓦然间耳边响起了引擎声和欢呼声，直人望向打开的电脑荧屏，看到发射场上，几十艘飞船拔地而起，射向天外，在空中留下一条条长长的尾迹，如同远去的雁群。查尔斯已经毅然踏上了苍茫太空的漫漫征途，而这一次，直人无法也不想再依附在他的灵魂上，他有更重要的事要做了。

直人深深地吸了一口气，听到自己颤抖的声音说："小南，我喜欢你，请与我交往吧。"

再见了，查尔斯。

尾声之后

一年后。

一艘天蓝色的飞船收拢光帆，打开登陆引擎，缓缓落向一颗黑沉沉的、几乎完全浸入黑暗的星球。飞行平稳，层层下降，看上去一切正常——这也意味着第一个人类即将踏上冥王星的表面。

但当飞船距离星球表面还有大约两千米时，不仅没有降低速度，却忽然怪异地猛然加速，旋转着向冥王星表面的厚厚冰层撞去。十几秒钟后，一朵微弱的火花绽放在冥王星表面，如同黑夜中一闪即逝的火柴，然后就是长久的沉寂。

这是中国的冥王星探测器"马面"拍摄到的图像，大约五个小时后，图像被传送到地球，也传来了太阳系尽头的噩耗。此后四十个小时内，任何联络的尝试都归于失败。两天后，另一名比赛选手乔治·斯蒂尔在冥王星成功着陆，发现了面目全非的飞船和被烧成焦炭的查尔斯·曼的尸体。

消息传回地球，唏嘘一片。查尔斯的死众说纷纭，主流的观点认为是技术故障，查尔斯的飞船是自己改装的，各方面都存在缺陷，出问题并不奇怪，但是问题在哪里专家们又各执一词，有人说是电脑程序的错误，有人说是引擎本身的故障，还有人说是飞船控制面板的按钮分布过于密集，让查尔斯忙中出错。

也有人认为，查尔斯是自杀的，他们从查尔斯在地球上最后一段时间的若干古怪言行中找出证据，试图证明他已经厌倦了生活，想要离开这个世界。而撞击冥王星而死就是这位天才精心安排的行为艺术。这也能解释，为什么宇航大赛的前一年开新闻发布会的时候，他如此神色古怪。

另外还有一些人主张，查尔斯是被害死的，这个说法最骇人听闻，也最千奇百怪。害死他的主谋从竞争者斯蒂尔、前情人仓井雅到代卡洛斯飞船集团以及贝尔实验室等可以列一个长长的名单。一个有利的佐证是，查尔斯的女友细川穗美在查尔斯死后第三天，就因为所驾驶的飞车和另一辆飞车对撞而在东京上空爆炸，这个过分的巧合似乎可以被视为阴谋，不过更合理的解释显然是细川伤心过度，神志恍惚所致。

网上也出现了各种各样的流言和稀奇古怪的所谓“证据”，大部分经不起推敲，但也有一些看上去有点分量的，有一段录音似乎是查尔斯和古德斯坦的吵架，另一段视频似乎是查尔斯和某个名人老婆的偷情，还有他的父亲说他挥霍无度导致没有钱的电话……但这些伪造起来并不难，而且也无法证明和查尔斯的死有任何关系。至于有人说查尔斯是因为发现了脑桥芯片公司控制人类的阴谋而被灭口，就更是笑话奇谈了，没人会认真相信。

但无论如何，查尔斯死了。死了，再也不能复活。一个死人，无论是多么声名显赫的死人，被遗忘的速度总是很快的。查尔斯的事被热炒了一两个月，人们为他举办了各种缅怀和纪念仪式，不过很快出现了几名炙手可热的新星，也都开通了感官直播。有天才神童、国民美少女也有草根人士，人们很快又被吸引到新的、更丰富的娱乐生活中去。

但有许多人却仍然无所适从，他们难以理解查尔斯的死去。

“我……我就是想不通，”宅见直人喃喃说，给自己斟了一杯啤酒，“查尔斯怎么会死呢？三年来，我熟悉他的一举一动，我有他的几乎每一个记忆，既然我活着，他怎么会死？”

“你是你，查尔斯是查尔斯。”朝仓冷冷地说，对直人她已经越来越没有耐心了。

直人摇头：“你不明白，你根本不明白。那种感觉……我还可以清楚地记着查尔斯的一切，他在天上如何风驰电掣，在海底如何在珊瑚丛中潜水，在读者见面会如何发言，在酒会上如何觥筹交错，在非洲如何赈济灾民……对我来说，就好像是昨天的事一样。我看到地球在我脚下，我听到奥地利金色大厅的音乐，我闻到富士山下樱花的香味，我还……”不知不觉中，他已经从第三人称换成了第一人称。

“你还记得和仓井雅、宝拉和玛丽安娜如何浪漫缠绵吧。”朝仓冷冷地接口。

“当然，”直人憧憬地说，没有注意到女友表情的变化，“那些经历真是永世难忘啊，可惜没有和细川穗美在一起的记忆——”

“宅见直人，你这个混球！”朝仓终于忍不住痛骂了出来，“你这辈子除了幻想自己是查尔斯之外，还会干什么？”

“小南，你又怎么了？”直人有点摸不着头脑。

“查尔斯死了都快半年了吧？你几乎每天都在絮絮叨叨那些和你

没有任何关系的往事，怀念那些根本不知道你是谁的女人，跟你说你也不听，我简直要疯了！这日子没法过了！”

“你不懂，我参与了这一切，这些事和发生在我身上没有任何区别，我知道自己不是查尔斯，但是它们也是我经历的一部分！”

“哼，”朝仓讥讽地笑了，“你的经历就是日复一日地躺在房间里收看直播，本质上，你和那些看了电视然后想象自己是男主角的白痴没什么两样。”

“住口！”直人不由怒火中烧，“每次你都这么说，可是你从来没有过感官直播的经历，有什么资格下判断？再说你是我的什么人，有什么权力告诉我我该干什么不该干什么？”

“我是你的什么人？”朝仓的眼睛也在愤怒中闪闪发亮，“你说对了，我不是你的什么人。既然你这么说了，我们还是分手吧。”

“分手就分手，当初我就不该接受你！”直人恶狠狠地说。

朝仓没有再和他争吵，沉默地收拾起了自己的衣服和物品，直人在一旁看着，开始有些悔意，却又不好开口。直到朝仓背着提着几个大包站在了玄关口，他才着急起来：“你这是干什么？大半夜的？有什么事明天——”

“直人，”朝仓的语气平静得令他害怕，“我曾经以为自己可以改变你，但是我错了。也许你是对的，你就是查尔斯，你会永远活在关于查尔斯的记忆里。但是对不起，这不是我想要过的生活。”

“我……我不是……”直人不知说什么好，眼睁睁地看着朝仓打开门，离去，脚步越来越远，终于消失。

直人犹豫了一会儿后，拨打了朝仓的耳机，但是朝仓已经关机了，只有长长的忙音。

“去你的。”直人喃喃地骂了几句，坐回到椅子上，继续自斟自饮起来。

为什么生活总是这样，他永远无法和人好好相处？不管他如何尝试，都是除了失败还是失败，在这个现实的世界里，连空气都令人窒息。如果，如果他还能回到查尔斯身上，再过一次那种意气风发的人生，那该多好啊……

直人一边想，一边在电脑上漫不经心点击着，进了一个讨论感官直播的论坛，顶上的一行大字顿时吸引了他的注意：

CHARLES MANN REVIVED！！！

“复活的查尔斯·曼”

什么意思？

直人点进去一看，发现是时代传媒公司的广告，网页上面用英文写道：

“……为缅怀已故的查尔斯·曼先生，本公司从他的继承人那里购买了以往全部直播内容的备份数据，以飨观众。直播内容的总长度达85439个小时，跨度为整整十年。您可以选择收看其中任何一个片段，也可以从头到尾浏览，以便深入了解曼先生的生平和事迹……”

直人的心狂跳起来，十年中所有的数据！也就是整整十年的直播人生！作为收看者，那些中微子波转换成的视觉和听觉会随即消失，也有技术手段防止私下拷贝，但是显然在相关机构内部会有备份，进行“重播”是可能的。对直人来说，他只是最后三年才开始收看查尔斯的，之前的七年都付之阙如，但如今他可以从一开始就收看重播，这样的话，也就是说——

直人倒抽一口冷气：他将拥有整整十年查尔斯的人生，他将再一次和查尔斯融为一体，去面对未来（实际上是过去）的精彩人生，而这次，至少十年里不会再担心被单方面中断直播了。他可以放心地将自己融入查尔斯的意识深处。

直人兴奋地扫了一眼下面的条件，这回不再是免费的了，不过也不贵。每小时收费 100 日元，不过如果购买一天以上会降为 50 日元，如果全部购买每小时更是只有 20 日元，完全可以负担。

他迅速用网上银行付了账，全部购买要将近 160 万日元，他暂时没有那么多钱，只能先花了二十多万购买了头一年的数据，以后再慢慢付吧。

直人躺回到榻榻米上，打开中微子转换器，电脑语音告诉他正在进行连接，准备接收数据，大约一分钟后可以开始直播，不，重播。

正当直人焦急地等待时，耳机中响起了提示音乐，告诉他收到了朝仓的一条声音短信。这回直人直接关机，根本懒得看一眼。或许朝仓又回心转意了，但那又如何？只要能再度成为查尔斯，我不会再需要这个女人……

中微子波束源源不断地传来，转化为电磁波和脑波，重播开始了：

重力感同步：我平躺在什么地方；触觉同步：好像在一张床上，软软的很舒服；嗅觉同步：仿佛有药水的味道，但并不刺鼻；听觉同步：一个女人的声音在跟我说话，而且越来越清楚了；视觉同步：一个朦朦胧胧的人影出现在我面前……

他仰望着天花板，看到自己未来的经纪人丽莎·古德斯坦对他俯下头来："你怎么样？"

"我没事……"他有些虚弱地说。

丽莎问："现在应该已经开始直播了，你还记得自己是谁吗？"

一丝自信的笑容出现在他苍白的脸上："那还用说？我是查尔斯，独一无二的查尔斯。"

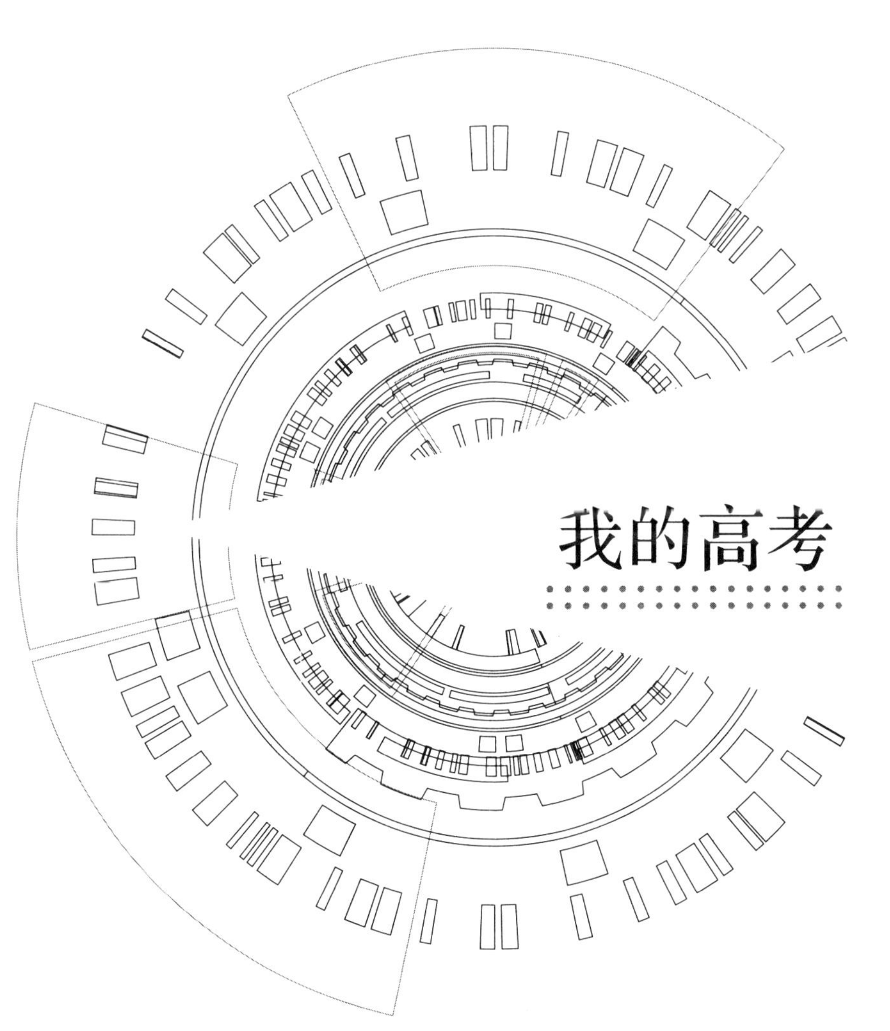

我的高考

一

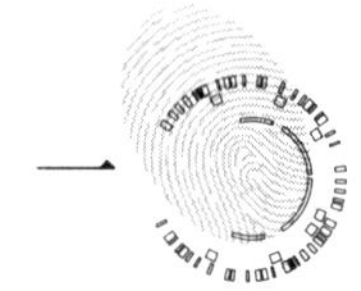

2027 年 6 月 6 日，下午四点，距高考还有十七个小时。

我坐在楼下的“风铃茶吧”，一个身着淡绿色长裙的女孩坐在我面前，清亮的眼眸凝视着我。六月炽热的太阳透过紫色的智能调光玻璃，投在我们之间的茶几上，一个精致的乳白色药瓶放在茶几中间，像有魔力般地熠熠发光。

我伸手拿起药瓶，就像拿起关着妖精的魔瓶，觉得自己的手都在发抖。我强自作出镇定的样子，拧开瓶子，一粒醒目的米黄色胶囊映入眼帘。

这就是它了，我在心里说。

“苯苷特林”，俗称“聪明药”。大约十年前问世的生化科技结晶，内藏 RNA 结构，作用相当于逆转录病毒，能够局部重启脑细胞的分裂和发育程序，让神经元和神经突触迅速增生，将人的平均智商提高二十到三十，只要服下它，十二个小时内，我这个普通男生就会变成头脑敏捷、记忆超群的人中龙凤。

换句话说，它能让我高考夺魁。

但看着它，我却犹豫起来。“真的……要吃吗？”我嗫嚅着。

“嗯。”对面的女孩期待地看着我，“再不吃，生效的时间就过了。”

“可是吃了以后，如果一辈子变成白痴怎么办？”

“那只是极少数人，对药性有排他反应，还不到万分之一。”她说，“你不会那么倒霉的。我都不怕，你怕什么？”

“可是我记得那个大科学家霍普金斯……”

想起斯蒂芬·霍普金斯，我一阵不寒而栗。三年前，这位世界著名的物理学家为了攻克宇宙学理论中的一个难关，在研究陷入困境时服了一粒“苯苷特林”，但是并未取得太多进展，两天后，他昏倒在实验室里。等到醒来的时候，他成了一个话都不会说的白痴。我见过电视上的采访，他被家人搀扶着，目光呆滞，带着傻笑，嘴角流涎……

只有万分之一的终生致痴率，偏偏让他碰上了。可如果下一个是我呢？

“老说那个霍普金斯，不就一个特例吗？”她有点儿生气了，“你老是这么婆婆妈妈的，还想不想跟我进同一所大学了呀！你有没有想过我们的未来？”

看着她眼眶里闪烁的泪珠，我只好彻底投降。

她叫叶馨，班上最漂亮的女孩，家境很好，成绩优异，是父母的掌上明珠。我一进高中就暗中喜欢她了，不过到高三以后，才真正开始交往，现在还不到一年。但我们爱得像水一样纯净，火一样热烈。我简直无法想象，没有叶馨的日子该怎么活下去。

“想，当然想……”我闭着眼睛把胶囊放进嘴里，喝水吞下。

叶馨松了一口气，眼中闪着喜悦的光芒，她红着脸在我脸上亲了一下：“我们一定能都考上同一所名牌大学的！高考完了以后，我们一起去……嗯，海南玩吧！我好想好想去看海啊！”

“叶馨……”

“嗯？”

“这枚胶囊得值好几万吧，这笔钱我一定会还你的……”

“当然要还！”叶馨用指头轻轻戳了一下我的额头说，“就罚你……用一辈子对我好来偿还吧！”

叶馨像燕子一样轻盈地飞走了。我慢慢起身回家，不知道是喜是忧。

事情本不该是这样的。苯苷特林，聪明药。让你花上十万八万，变聪明两三天，有什么意义？一般除了艺术家创作、科研攻关等少数情形下，很少用得着它。即使在科研上也不是每次都能奏效，但对于另一个群体来说，这东西却可以说是天降福音，那就是面临考试的学生，特别是参加高考的考生。

这一点不难理解：智商提高二三十，同时令头脑高度兴奋，不需要睡觉，记忆力大为增强，写作文思泉涌，做题也会思路敏捷很多，很容易发现解题思路。它可以让你的成绩提高几十分甚至上百分，轻松把你送进大学校门。

前提是，如果只有你一个人用的话。

但事实上，自从这种灵药推出后，很多本来的差生一举考上了普通本科、重点大学，甚至北大清华，效果立竿见影，这推动了考生们疯狂地抢购这种药物。据调查，去年有 17% 的学生用了苯苷特林，高考成绩也水涨船高。

但这种提高毫无意义，特别对大学招生是很不利的，因为很可能招到的是经过短暂智力提升的差生。智力的提升只是表象，只能维持几天，因此在苯苷特林进入市场后第二年，有关部门就严令禁止在高考及任何考试中使用这种药物，直到现在禁令仍然有效。当然，禁令形同虚设，基本上不会有人去查。

因为苯苷特林是昂贵的进口药物，最初是上百万元一粒，现在降到了十万元以下，但对老百姓来说，还是难以负担，“富二代”和“官二代”们却能轻松拥有它。所以那些官商子弟，条件最好的当然是出国念洋校，但另一些哪怕平时从不用功读书，只要吃一粒苯苷特林，再临时抱佛脚看几天书，也可以通过本该公平的高考，轻松考上好的大学。由于庞大利益集团的阻挠，使得禁令不可能真正推行。

但即使人人都用得起，也无非是恢复到了从前的局面，对谁都没有好处。当然，人家都用，如果你不用，最后的失败者只能是你自己。

我正胡思乱想，手机响了，是叶馨发来的微信，她柔柔地说："感觉怎么样？等到智力提升后注意复习，嘻嘻，我在未名湖等你哦。"

我心中暖暖的，她本来成绩很好，又吃了苯苷特林，考上北大估计没什么问题。我呢，其实成绩一般，家庭条件也不好，就是长得还算俊俏，而且是校篮球队的主力，让她看上了我这个华而不实的阳光少年。这次还给我带了一粒苯苷特林，这是她爸爸从国外带回来的，虽然没有国内那么贵得离谱，但也要近万美元。我打从心底不想接受叶馨的恩惠，我知道这会让我在她面前一辈子都抬不起头来，但面对严峻的高考形势和不争气的成绩，我无法选择不要。

我想，以后真的要一辈子对她好。

二

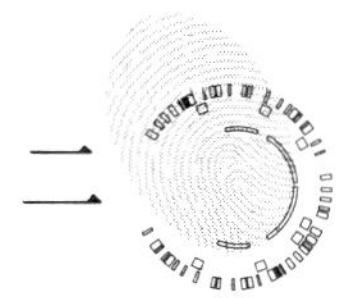

我回到家里，和老妈打了声招呼后，就进了房间，翻开了语文课本，想看看药的效果如何。先是背了一段古文："先帝创业未半而中道崩殂，越明年，政通人和，百废俱兴……不对，背错了！"看来这药生效还没那么快。

看了一会儿书，家里一直没有开饭，也不知道老爸上哪儿去了。我读得乏了，不知不觉中倒在床上沉沉睡去。不知过了多久，朦胧中我被人摇醒了，抬头一看，是老爸。

"爸，吃饭了吗？"我含糊地问，慢慢清醒过来，然后我看到老爸的左手捏着一粒黄色胶囊，右手端着一杯开水，愣了一下。

“爸，你这是……”

“这是那个苯什么的聪明药，”老爸热切地说，“我好不容易托人买的，你快吃了它，明天考试用得上。”

“爸，我们家怎么有钱买这个？”我大吃一惊，本来这药家里是根本买不起的，所以叶馨才设法帮我弄了一粒，可现在怎么老爸也买了？

“钱的事你别管，”老爸遮遮掩掩地说，“这是我们的事，你吃了药再说。”

“爸，你不会是去卖肾了吧？”我想起前不久的一桩社会新闻，惊呼出来。

“你想哪去了？”老爸说，经不住我追问，坦白实情，“就是刚把房子卖了，调了套小的，其实也没啥，等你上大学了，我和你妈也用不着这么大的房子，住个小的更舒服，这样你上大学的学费也解决了。”

我看着老爸斑白的鬓角，又看了看自己住了十八年的、总共不到八十平方米的这套两居，心里一阵难受，忍不住抱怨：“这么大的事，你怎么不跟我商量一下呢！”

“我已经和你妈商量过了，家里怕影响你学习……愣着干啥，还不快吃了！”老爸连声催促着。

“爸，其实这药……我已经吃了……”我吞吞吐吐告诉他事情的经过，我和叶馨的交往本来一直瞒着他，这下也不得不坦白了。老爸怔了半天，然后吼了起来：“难怪你高三成绩总是上不去，原来是在和女生谈恋爱！你说这都什么时候了，你还——”

“爸，先别说这个，这药你先退了吧，我们家房子也不用卖了。”

“这……我上哪儿退去？卖的人说了，不给退的。”

“但现在是高考前夕，有的是人买……”我打开电脑上网查了一下，苯苷特林是禁药，用一般的关键词都搜索不到，不过我最近关注这事，所以找到一个地下论坛，结果吓了一跳：今年黑市上不知道从什么渠道进了一大批苯苷特林，网上卖的价格相对低廉，最低五六万就可以买一粒。

“爸，你那个多少钱买的？”我扭头问老爸。

老爸脸色苍白地跌坐在床上：“十……十二万……”

“怎么这么贵？你在哪买的？”

“一个朋友介绍的，那个人说……现在行情紧俏……”老爸脸色惨白，一下子就被人坑了好几万，一个一辈子省吃俭用的老实人怎么受得了这个打击？

老爸是农门子弟，当年考上了大学，可学费太高，实在凑不齐，最后放弃了。后来城市扩建，我们家被划归城区，才有了城里户口。他也没找到什么好工作，现在也就是在一个小公司当仓库管理员，还是亲戚介绍的。当初没上成大学的事对他打击很大，他一直让我刻苦读书，考上好大学。所以，他才会卖了自己家的房子，就是为了一粒吃下去能让人短时间智力暴增的药丸。

“爸，你快去找那家伙，说不定还能把钱要回来！”我急着说。

“这个我有分寸，”老爸还在勉强维持着父亲的尊严，“你现在的任务就是高考，别的都不要管了。”

那粒老爸高价买回来的药最后还是没处理掉，只好先放着，反正保质期有好几年，或许以后还用得上。吃晚饭的时候，爸妈一直追问我有什么感觉，是不是一下子觉得开了窍，是不是觉得特别兴奋，是不是觉得想问题思路特别清晰，等等，但我却没感到有什么特别，最多是头脑有些隐隐发热，但或许也只是心理作用。我心里开始七上八下：吃的不会是假药吧？

等到吃完饭，我回到房间，重拿起语文课本，还没有打开，蓦然间，一行行刚才怎么记也记不清楚的课文好像放电影一样在我脑海中浮现出来：“先帝创业未半而中道崩殂，今天下三分，益州疲弊，此诚危急存亡之秋也。然侍卫之臣不懈于内，忠志之士忘身于外者，盖追先帝之殊遇，欲报之于陛下也……”

这些记忆如此鲜活而牢固，就好像我刚刚才背下来，又好像已经熟记了多年。并且不只是机械的文字记忆，背后的意义也活灵活现地呈现出来。我没有感到多“知道”了什么，就是一下子“理解”了，甚至第一次能够欣赏一向头疼的古文之美了。

我又惊又喜，换了段课文读下去……

我一夜没睡，第二天早上，一切准备妥当后在老妈泪眼汪汪的祝福中出门，被老爸护送到了考场外。因为要上班，老爸先走了，鼓励我好好考。虽然一晚上没睡觉，但我却觉得精神异常饱满，思维极其清晰，许多奇思妙想止不住地在脑子里盘旋，就像随时要喷涌而出似的。

但令我有点儿沮丧的是，等着考试的其他人看来也都精神抖擞，斗志昂扬，许多本来和我一样浑浑噩噩的傻男生们，现在的目光中都带上了几分聪慧灵秀之气。

显然，因为价格便宜了不少，考场上的大多数人都使用了苯苷特林，看这形势，如果去年是 17% 的话，今年说不定是 71% 了……

有人从背后拍了我一下，扭头一看，是我的死党阿牛，他看上去也神采奕奕，气质非凡。我们对视了一眼，不约而同地说：“啊，你不会也——”

“靠！”阿牛抱怨说，“我也不想吃那玩意，我爸托人弄来，硬给我灌进肚子里去的，说现在不吃药，哪还能考上大学。你看那帮家伙，啧啧……平常每天吃喝玩乐，现在一个个都像是洋博士，要是没吃药，铁定被他们干翻了。”他指着不远处几个花里花哨的纨绔子弟说。

“现在我们至少和他们一样了吧？”

“一样？你以为呢？”阿牛阴阳怪气地说，“你没听说吗？现在国外又推出苯苷特林 II 型了，比我们吃的效果好多了。”

我一怔：“II 型？不是说还在试验阶段吗？”

“实验个屁，反正我跟你说，那些有钱的已经搞到了一批，听说那种药巨好，效力增加一倍，能够提高智商差不多五十！听清楚了吧，是五十！而且药效过后的副作用也小得多。”

“这……我真是一点儿也不知道。”我喃喃地说。

“我也是才听说的，这事只有他们圈子里才清楚……哎，你的那个谁来了，你问她吧。”

我转过头，眼前一亮。叶馨穿着一条淡雅的紫花百褶连衣裙，背着小书包，穿过走廊，袅袅而行。我头脑中顿时蹦出两句古诗：“竦轻躯以鹤立，若将飞而未翔。”是昨晚刚看的《洛神赋》，又发现她身上的各部位比例，几乎都符合黄金分割点，所以才那样动人，这我之前从没想过。

昨天晚上，我只花了两个小时就串完了所有的语文课文和参考书，思维之敏捷、思路之畅通令我自己都觉得不可思议。看完之后毫无睡意，只觉得头脑越来越兴奋，运转的速度越来越快。于是又翻了一本古诗词，一本中国通史，还有一本数学解题思路。我翻书的速度飞快，一两个小时就可以看完一本书。并且每次并非只是看完了就算，几乎每读完一本书，相关的词汇、语言、内容就会在我脑海中释放出内在的意义，重新排列组合，直到被消化后牢记。现在那些新获得的知识在我脑中翻涌着，压都压不下去。

叶馨看到我，眼角含笑，跑过来问：“林勇，昨天复习怎么样？”

“非常好，”我兴奋地点点头，“一晚上比以前看几个月都有效。”

“我就说嘛，这药非常灵的！你一定能考出一个好成绩的。”

“对了，”我问她，“我听说现在出了个苯苷特林 II，那是什么？”

叶馨想了想：“哎，好像确实有，不过刚问世，药效还不够稳定，所以我爸没给我买。”

“可是听说比我们吃的作用能提高一倍呢！”

“不会吧，那不都成超人了，哎呀，快考试了，我要去那边考场，我们考完了见！就在这个花坛边上。”

三

时间到了,我们进了考场,坐在各自的座位上,叶馨不在这个考场,而是在楼下。我忽然觉得心里空荡荡的，以前班上每次模考，她都坐在我前面，单是那纤细动人的背影就能让我心神宁定。这回前面换成了一个肥嘟嘟的胖小子，感觉全没了。我不觉有点儿紧张起来。又宽慰自己，不会有事的，我现在可是最佳状态。

试卷终于发下来了。我赶紧看了前面的选择题，倒是老一套，无非是辨认错别字和考察发音，感觉比以前模考难一些，但对已经熟练掌握相关知识的我来说，完全不成问题，我迅速勾选了正确答案，一路做下去。

但头几道选择题完了以后，难度陡然提高起来。一道道以前从未见过的难题怪题一个个拦在我面前，有出来一堆佶屈聱牙的成语的，有考某个从甲骨文到小篆和楷书的演变的，还有拿出一段平平无奇的话，问是哪个诺贝尔奖作家写的，已经明目张胆跳出了考纲的范围，我勉强支撑着一道道答下来，心里却越来越慌，隐隐有一种不妙的感觉。

到了文言文阅读部分，我彻底傻了眼：

盘庚迁于殷，民不适有居，率吁众感出，矢言曰：“我王来，即爰宅于兹，重我民，无尽刘。不能胥匡以生，卜稽，曰其如台？先王有服，恪谨天命，兹犹不常宁；不常厥邑，于今五邦。今不承于古，罔知天之断命，矧曰其克从先王之烈？若颠木之有由蘖，天其永我命于兹新邑，绍复先王之大业，厎绥四方。”

说是出自《尚书·盘庚》，大部分字倒还认识，可愣是不知道什么意思。偏偏下面的阅读题还占了十好几分。我胡乱猜测，勉强答了两道，再也做不下去，干脆直接翻到最后看作文。作文题是画了一扇门，门上挂了一把雨伞，下面蹲了条狗，让我根据这张莫名其妙的图写一篇记叙文或议论文。我看得脑子里一片空白，身上冷汗涔涔，努力让自己想着思路，但心里却有一个声音诅咒一般地响起：完了，这回完了！

我毕竟变聪明了一点儿，很快明白，这张试卷是为了对付日渐泛滥的苯苷特林而专门出的，因为往届有太多的“临时高才生”可以拿到接近满分的高分，导致试题没有区分度。近年考试确实难度也在加大，但我却万万没有想到，今年的考题竟然可以把难度拔高到这种程度！这么说来，即使吃了苯苷特林，或许也只有及格的分了。

我不自觉地向左右边望去，两个家伙在那里奋笔如飞，已经开始写作文了，我看来是天堑的题目，对他们来说却好像是康庄大道。其中一个是我们班的公子哥儿，以前考试经常不及格，现在却嘴角带着得意的微笑，下笔唰唰如有神。

他一定吃了苯苷特林 II，我想，一定远超过我。明知道这个猜想现在只能徒增烦恼，却不自禁地一再去想：完了，他们都用了 II 型的药物，只有我吃的是旧的 I 型，他们答题都易如反掌，只有我根本想不出来，这回死定了……

怎么办？怎么办？！时间一分一秒地过去，不能再耽搁了，我硬着头皮写下了作文，却不知道自己在写些什么，一支笔似乎在纸上做着布朗运动，画出一堆毫无意义的甚至称不上是汉字的线条和符号……

不知过了多久，考试结束的铃声响起，监考老师威严地说：“全都放下笔！”我的笔无力地掉在地上，身子瘫软在椅子上，只觉得手脚冰凉。

我不知怎么走出考场的，脑子里一直嗡嗡作响。耳中隐约听到其他人的高谈阔论：“哎，那作文你怎么写的？我觉得蛮难的，只写了一篇小小说，差点儿来不及写完。那个人是杀人犯，杀完人之后弃尸荒野，借雨水冲去所有痕迹，但没想到被害人的狗一直悄悄跟着他，守在他门口，结果警察顺着狗在泥地里的脚印找来……”

“真有你的！我可想不出什么好故事，最后写了篇议论文：‘我想到的是人性，特别是中国人的人性……’”

“还是你立意深刻……”

两人说笑着走远了。我只感到如堕冰窟。虽说他们写的未必好，但我写的甚至不可能拿到及格分，因为我卷子上不仅涂改得乱七八糟，而且根本没有写完，为了赶时间，最后几行字潦草到估计草圣张旭都认不出来，被扣掉一半分是起码的，更不用说文言文阅读那块基本是空白。

当然别人也有考得不好的。抱怨的，哭诉的，和我一样垂头丧气的，但那些人也不能让我感到多少安慰。无论怎么说，我还是处于最下游，和这些失败者并列。

这是我根本没有想到的结局，自从服了苯苷特林，我以为自己能够稳操胜券，却想不到道高一尺魔高一丈，自己竟会输得这么惨……

我心里乱七八糟的不知道在想什么，连有人在背后喊我都没意识到。

“林勇，林勇！”一只小手拍到了我肩膀上。

我回头一看，是叶馨，她刚气喘吁吁地追上来，娇嗔着说：“我一直叫你呢，怎么不回头？不是说好在花坛见的吗？”

我动了几下嘴唇，说不出话，就听叶馨继续兴高采烈地说：“是不是考好了就什么都忘了？这次考试真够难的，是不是？不过不这样，那些平时基础差的人也刷不下去，还真以为光靠一粒药丸就可以包打天下了呀？不过有几道题确实很难，比如那文言文阅读，我可能翻错了几个地方——你怎么了？”她终于发现我的不对。

我面色惨白，颤抖着嘴唇说：“我……我作文没写完，前面也有好多……好多答不出来的，我考砸了……”话音中都带着哭腔。

“怎么会这样？你不是吃了苯苷特林么？”

“我怎么知道？今年的卷子也太变态了，这还是吃了药的，如果没吃药的话，我连五十分都拿不到。唉，要是吃了苯苷特林 II 说不定就不一样了！”

叶馨不说话了，我也没心情理她，想到校门外面，老爸老妈或许还等着我，更不想出去。两个人就这样伫立在那里，一动不动，任熙熙攘攘的人流从身边穿过。过了好一会儿，我看了一眼叶馨，却看到她脸颊上已经泪光点点。

“哎，你怎么哭了？明明是我考不好啊。”我顿时手忙脚乱。

“对不起，林勇……”叶馨哽咽着说，“我没想到会是这样……早知道我怎么也会给你买一颗苯苷特林 II 的……”

一阵深深的羞愧感涌上我心头，叶馨帮了我那么大的忙，考砸了是我自己没用，关她什么事？“别傻了，是我自己的问题。其实……其实也不一定太差了，只是感觉不好……至少，我还有机会。对，下午考数学，我肯定会考好的。你信我！”

叶馨“嗯”了一声，也不顾大庭广众之下，紧紧抱住了我。在这个非常时刻，我们带着恐惧，带着期冀，带着更多的激情，在校园的林荫道上破天荒地长吻着，是第一次，也是最后一次。

四

“今年数学其实不太难，最后几题可以试试拉格朗日中值定理，定积分只要运用无穷限广义积分和狭积分就可以求。至于数列方面，简单！只要熟练掌握级数收敛的一般求法加泰勒公式……”

当我拖着沉重的步子，从数学考场走出来的时候，正听到一个眼镜男生高谈阔论，旁边有人附和，有人反对，甚是热闹，但我却已无心再加入争论。我麻木地从他们身边走过，只想找个地方大哭一场，却又哭不出来。

下午的考试几乎是上午的重演，几道相对容易的送分题一过，便是满眼的难题怪题，拿来做国际奥数竞赛的卷子也绰绰有余，我最后好几道题都不得不空着，想蒙都没法蒙。数学平常还是我的强项，但眼下估计分数也不过勉强能及格。这样下去，重点大学是铁定没戏了，连普通本科都够呛。

我刚下楼，就看到叶馨在花坛前左顾右盼，似乎正在找我，我忙一闪身躲在几个人后面，然后悄悄溜走。刚找了个角落躲起来，怀里手机就响了，是叶馨打来的，我又关掉了手机：这个时候，我怎么还有脸见她？见了她又能怎么说呢？

还有父母那边，中午我好不容易才搪塞过去，可是下午又考砸了，我怎么跟他们交代？全家人的希望都在我身上，希望我来个鲤鱼跳龙门，可是我却那么不争气，注定要庸庸碌碌一辈子下去。

不，不是我的错。这一切都是苯苷特林造成的，本来按照我本来的成绩，上个还可以的大学是没问题的，如果没有苯苷特林的话。

成绩高低本来是由天资和努力程度决定的，但这种逆天的药物一问世，却打破了正常的秩序。本来随着苯苷特林的普及，富人的优势已经逐渐缩小，谁知道又来了个更强大的II型。最后还是那些有钱有势的人家的孩子，可以轻松考上理想的大学，而我们这些穷人家的孩子，连大学都没法上……

我颓然摇了摇头。别胡思乱想了，现在最重要的还是解决问题。可是怎么解决？我那服用过苯苷特林的大脑虽然考试不怎么给力，此刻倒是异常清晰活跃：

头两科都考砸了，顶多及格上下，这是无法改变的事实。这令我较预计至少损失了五十到七十分，如果想要挽回局面，就只能在以后两门中找回来，即英语和文科综合卷。要挽回这些分数，我需要达到的成绩必须不可思议的高，接近满分。这个目标可能达到吗？

按照目前的趋势来说，可能性几乎是零。既然语文和数学的难度都拔高到了极点，没有理由期待英语和文综会简单很多。再说，其他人一样经过智力提升，甚至比我提升的幅度还要大，如果我能轻松考到满分，他们也能。我仍然无法扳回颓势。只有在考试难度仍然很高的情况下，我考到较高的分数才有意义。但这如何可能？

头脑立刻给出了几种铤而走险的方案，比如事先弄到考题，找人代考，又如设法作弊之类，但稍一想就知道不靠谱。拿作弊来说，对无线电波的电磁屏蔽不用说了，而且每个考场都有十部左右摄像头监视，看到的一切画面会传到中央电脑中进行数据分析，考生稍有异常动作，监考老师未必会发觉，但电脑很快会发现异样，如果达到警报的阈限会即时通知考场。我们考前就培训过，考试时绝对不能东张西望，哪怕旁边没有人，电脑程序可是死的，不会管你那么多。

当然据说一些高手也能修改电脑程序，让它将某些位置的考生标识为“监考”，从而对他们的各种小动作不予理会。据说这个也可以用钱买，当然价格就高到天上去了……

至于其他的法子更不靠谱，就算有人能做到，这些我临时也没法安排。

所以没有办法，毫无办法。

不，在我心底却有一个声音冒出头说：从逻辑上，至少还有一个办法。一个非常简单的办法：提升我自己的智力，再提升至少二三十个点数。

但这怎么可能？除非我服用了苯苷特林 II。

不，不是苯苷特林 II，是苯苷特林 I，这种药我至少还有一粒：昨天父亲带回来的那粒药。连吃两粒苯苷特林 I，智力会再冲高一点，道理是很明显的。

但是连服两粒苯苷特林 I 会有什么后果！？一粒副作用就那么大了，何况两粒？我可能会终身痴呆！说不定还会变成植物人，绝不能冒这个险。

但也不一定，或许不过是致痴率提高一倍：从万分之一提升到万分之二，就算提高一百倍也不过是百分之一而已，冒百分之一的风险，去赢得一生的未来，这个险绝对值得冒！

我从后门溜出学校，在街头找了家网吧，上网查询“连服用两粒苯苷特林会怎样”。令我意外的是，网上同样的问题居然很多，看来不少人和我情况类似，有的是前两年的，更多的是这两天刚出来的。这令我感到了一丝宽慰，毕竟在高考这修罗场上折戟沉沙的绝不止我一个。

答案不少，但莫衷一是。有人说他的亲戚吃下去后变成了白痴，也有人说会令人当场发疯，拿刀砍人，或者使得脑中某种神经递质畸变，导致抑郁症即时发作，从考场跳楼自杀。说得要多可怕有多可怕。

不过也有好消息，好几个人言之凿凿地说，连吃两粒后智力会暴增到不可思议的程度，可以一晚上学会一门外语，或是三天写完一篇博士论文，至于高考，更是毛毛雨了。有人爆料说，去年某省的状元，就是连吃了两粒灵药才蟾宫折桂。副作用无非是多头昏脑涨几天，那些耸人听闻的说法都是药厂的免责条款，真正发生严重问题的可能微乎其微。

我想到这些说法可能不过是药贩子的广告，用来倾销自己卖不掉的苯苷特林（有几个答复下面甚至有药贩的联系方式），但仍然很受鼓舞，而那些不利的说法，我却当成了夸张渲染的小道消息，从头脑中过滤掉。我知道自己是在自欺欺人，却不得不如此。我无法面对接下来必然的失败。再服用一粒苯苷特林，虽然有危险，但多少还是一个希望。

但是要快，药生效还需要时间，再晚的话，什么都来不及了……

我下了决心，匆匆赶回家里，顾不上回答父母的询问，找出了父亲花十二万买的那粒苯苷特林，当着他们的面，一口吞了下去。

五

我向老爸老妈解释了一切。他们哀叹连连，却也无计可施。我顾不上和他们多说，就进了自己的房间，一边读书，一边等着药效起作用。中间也不无担心，万一这药是假的怎么办？万一是被人骗了，我这么一口下去，那真是死无对证。

不过担心是多余的。十点钟，头脑中的风暴如期而至……

晚上十二点，我问父亲要来了一个开书店的堂叔电话，响了半天才有人接，一口的不耐烦：“这么晚了，谁呀？”

“三叔，是我，林勇。”

“小勇啊，”三叔的怒气转为诧异，“你这几天不是高考吗？怎么这么晚打电话给我？”

“三叔，不好意思打扰你了，有件急事要请你帮忙。”

一小时后，我站在了三叔家开的“百草园”书店门口，三叔已经等在那里了，为我开了门。

“小勇，你就在这里看书吧，”三叔睡眼惺忪地打了个哈欠，“看到早上都行，只是别耽误了考试，叔先回去睡了。”

“真是太谢谢你了，三叔。”

三叔要出门，又回头问：“你说的那药真那么灵吗？吃了不想睡觉，只想看书？”

“是，我现在脑子里根本静不下来，就像一台疯转的机器，非得找点原料来加工，不然就会转坏了。”我一边说，一边已经在书架上找书了。

“这么灵？唉，我们家小石头不爱看书，成天就知道瞎玩，要给他吃一粒就好了。”

“别，”我苦笑着说，“千万别，这药得万不得已才能用，石头等高考的时候再说吧。”

三叔出了门，我从英文书架上拿下一本书，叫 Gone with the Wind，中译名就是大名鼎鼎的《飘》，不知道是写什么的，总之是外研社出的英语文学名著，我翻开就看了起来。

服下第二粒苯苷特林和服下第一粒感觉完全不同，第一粒只不过让我觉得自己耳聪目明，头脑灵敏，但仍然只是普通的聪明人，而第二粒却让我仿佛冲过了一个关卡，整个人似乎进入了一个新的境界。虽然知识并没有新增多少，但是看待事物的角度却已经不同，我仿佛在一个新的维度中俯视着原来的一切。一篇冗长聱牙的英语阅读理解，十个词里有三四个不认识，我没服药之前基本看不懂，服下第一粒药丸后能借助已经懂的部分，基本掌握大意，但现在重看，其内在结构却完全显现出来，我看清了作者的各种潜台词及深层逻辑，理解了大部分词的意思，甚至发现了两个隐匿的推理错误。而这时，我的英语词汇量本身还并无增加。

而这一切总共花了我二十秒钟时间。

我开始体验到双倍苯苷特林的妙处，也终于理解，为什么那些服下苯苷特林 II 的人对一些明显超出自己知识范围的考题也能游刃有余。因为表面上新知识的背后，起作用的仍然是智力。像文中一个不认识的单词，以前以为不查字典就不可能知道意思，但现在通过语境也能猜出大致意义，而且相关的文字越长，推测出的意思也就越精确。这些意义相互印证，彼此巩固，一晚上掌握一门外语，并尢夸大。

明天要考英语，我就打算把英语好好提高一下，可惜我家里的阅读材料实在有限，教辅书籍外的藏书不超过五十本，大部分还是些生活百科和地摊读物。我想上网找资料，但是英文网站大都打不开，并且和前些年不同，现在许多外文书籍由于贯彻了严格的版权保护也没法在网上免费阅读。最后我实在受不了，外面书店和图书馆都关门了，于是想到了找堂叔帮忙，他开着一间不大不小的书店，里面卖的英语书倒是不少。

我打开了那本《飘》，稍微熟悉一下之后，那些长长短短的英语单词就不再是以个为单位，也不是以行为单位，而是整页整页地扑入我眼帘，倾倒出自己的意义。首先凸显出来的是整体段落的主题，然后是句子的语法结构，最后才是个别单词，而在总体语境的清晰下，那些生词早已不再构成障碍。

我一页页迅速翻着，每一页都有照相式的记忆。花了一小时时间读完了这本八百页的《飘》，没有查一个生词，但当我放下书后，大时代乱离下郝思嘉和白瑞德的爱情悲剧已经深深印入我脑海，连同成千上万个新词汇。我仿佛感到大脑中的神经突触如同吸饱了养料的藤蔓，疯长着纠缠在一起，形成全新知识和审美体系的基础，令我心摇神驰，无法呼吸。

可惜这一切无法稳固，这些新形成的突触结构将在几天后坏死，一切新获得的知识之花都会随之凋谢。

放下《飘》后，我又将手伸向了另一本厚厚的《编码宝典》，这是一本技术性很强的科幻小说，我花大半小时读完了它。有了之前刚学到的大量生词打底，读这本书的速度也翻了一倍。

然后是花了二十分钟看完了《麦田里的守望者》。

然后……

三个小时后，我已经读完了七本英文小说、两部莎士比亚戏剧、一本雪莱诗集和一部牛津的《英国文学简史》，虽然这在浩如烟海的英语文学里不算多，但举一可以反三，我对于每本书内容的理解吸收都胜过常人的十倍。到最后，我可以说自己的英文阅读和写作能力，不下于任何英语专业的大学毕业生，而对英语深层结构和意蕴的理解，或许犹有过之。这让我重新鼓起了信心，无论高考英语是考莎士比亚还是海明威，对我都是如履平地。

但我并未因此满足，而是如饥似渴地想找到更多读物，汲取更多的知识。我刚翻开一本英文版的*The Federalist Papers*，看了一下前言，这是汉密尔顿等人关于美国制宪发表的论战文集，对美国社会和政治思想有着深远影响。我随手翻了两页，觉得挺有意思，正想看下去，忽然手机响了，提示接到了一个语音微信，来自叶馨：

“林勇，你应该没睡吧？今天我联系了你好多次，怎么一直没有回复？我真的很担心你，都偷偷哭了好几回了，回我一下好吗？有什么问题，我都会陪你面对的。”

我大感歉疚，自从下午考完后，这些事还没跟叶馨说过，她发了好些微信我也都没回。我放下手头的书，回了她一句话：“我没事，你早点儿休息吧，明天见。”

一分钟后接到了叶馨的回复：“我刚才跟你家打电话，说你半夜出去了。你究竟在哪儿？”

我不得不说实话：“我睡不着，在堂叔家的书店里补充知识。”

“告诉我地址，我马上来。”

半小时后，叶馨从一辆出租车上下来，站在了我面前。司机好奇地望了我们几眼，开车走了。叶馨嚷着：“你究竟怎么回事啊！半夜跑到这里来了……你怎么了？发烧了吗？”

“我怎么了？”我倒是有些好奇。

叶馨摸了摸我的额头：“你脸颊上好红，额头也特别烫，好像发烧一样。”

“正常的。”我说，“大脑活动太剧烈，我现在拼命就想看书。”

“你家里说，你吃了两粒苯苷特林？”

“……我没别的法子了。”我不得不把事情简略地告诉她。

“可是万一有什么事情……”叶馨开始眼泪汪汪。

“没事的，至少我现在感觉很棒。”我说，“你别担心了，先回去休息吧。”

“回去什么，”叶馨噘着嘴说，“我是偷偷跑出来的，我陪你在这里吧。”

“你陪我？”我心中一跳，我和叶馨还从来没有这么晚单独待在一起过。

“嗯，”叶馨脸也红了，便转移了话题，“对了，我还带了好多吃的：丹麦曲奇、日本梅饼，还有法式小面包……”

我们坐在一起，我又抽了一本英文的《荆棘鸟》翻着，叶馨好奇地看着我一页页不间断地翻着书，问："这么快，你记得住吗？"

"记得住，"我说，"我看完后还可以讲给你听。"

叶馨也尝试着看了几页，但很快就放下了："虽然能勉强看懂，但看着还是太吃力，你现在智力有多高啊？"

"我不知道，反正花了一小时左右硬看下去，这些英文书就都能看了，我现在觉得就是给我本法文书我都能看明白。"

叶馨却露出了担忧的神色："这种效果的神奇……已经远远超过苯苷特林 II 了，我担心副作用也会特别大，你可要小心。"

我也不能不有一些担忧，却不肯表露出来："没事的，我有预感，明天我会考得非常非常好。"

就这样，我们在那家小书店里一起读书到天明。我想我永远也不会忘记那一夜，多少希望，多少憧憬，多少忧虑，多少哀愁。我们就这样依偎在一起，沉浸在知识的海洋中，忘记了周围的一切，任时间将我们带向那不可预测的未来。

只是当时，我们还不知道未来将会变得何等诡异迷离。

六

天亮了，我的智力仍在攀升中，头脑中似乎有一场愈演愈烈的大风暴。

我合上厚厚的《资治通鉴》最后一册，伸了个懒腰，叶馨吐了吐舌头："又看完了？"

"古文还真是难懂，看了我大半个小时，"我揉了揉太阳穴说，"不过没办法，还得为明天的文科综合考做准备。”

“看来你对明天也是信心十足啦？”

“嗯，我想基本没问题了吧，如果——”我想说“如果到时候我还没死”，但没说下去，叶馨也没继续问，只是说：“那就好。”

她又叹气说：“其实我昨天发挥也不好，要是也吃两粒苯苷特林就好了。”

“你发挥应该正常吧，保持状态就行，我是没有办法。”

“可是你现在真是很厉害啊，变成学习超人了。”叶馨赞叹不已，目光中流露出浓浓的爱恋，不知怎么，我忽然感到有些厌倦。

“这些都是虚的，几天之后就忘光了……现在六点多了吧，我们去外面吃点儿东西。”

“你刚吃了那么多东西，这么快又饿了？”叶馨讶异地问。

“是啊，我想是大脑消耗的能量太多。”

我们到外面狼吞虎咽了一番，我吃了一笼包子、一笼烧卖、一碗豆腐脑和两根油条。叶馨只喝了一杯豆浆，笑眯眯地看着我吃。

“变成超人的感觉怎么样？”她问我。

“饥饿。”我说，但很快看出她误解了，“不是肉体上的饥饿，是知识上的，知道得越多，就想知道得更多，可惜能让我知道的太少了。”

我无法向叶馨描述这种感觉。昨晚我看完了两百多本书，到后来几乎是一分钟一本。当然很多书我也无须通览，我拥有了一眼就看出一本书价值的洞察力。只要看看封面，再看看前言和目录，就知道一本书是否有以及有多少价值。那些精装大部头，标有“经典”“学术”字样的大著，从前我看上一眼都觉得望而生畏，可现在一眼看去，就知道其中有多少是翻来覆去的老生常谈，或者生安白造的牵强附会。

当我读完这数百本书后，已经隐约可以窥见人类文化发展的轨迹，极少的天才人士为文化带来真正的生机和转变，若干杰出之人通过解释他们的思想，略有增补发展，将文化的种子播向四面八方，其他人不过是毫无意义的应声虫，但恰是这些庸碌之人组成了人类大众，也构成出版物的主体。但他们的书完全是浪费纸张油墨。如果将人类出版物的百分之九十九都付诸一炬，对真正的文化来说毫无损失。

如果全人类都是由天才之士组成，那世界将变得何等不同！我们将看到何等伟大的成就、何等迅猛的进步！

不，我又想，这种看法太极端了。从我目前的智力状态来说，诚然如此。但不久之后，我又要复归一个平常之人，芸芸众生之一。到时候我未必分得出李白的诗比李鬼的好在哪里。天！这种感觉令我不寒而栗。就好像告诉一个正常人，不久后他的智商会变得像白痴一样，让他如何能忍受？

比起这些，高考又算什么？就算考到了全国第一又算什么？我还有那么多书没有读，那么多知识没有掌握，只要能停留在这个状态，我愿意付出一切代价！

我霍然起身，叶馨一惊："你去哪儿？"

"我要去研究生理学和药理学，"我握紧了拳说，"一定能有什么办法，让我现在的智力状态稳定下来，这样的话，人的智力可以稳步提升一大截，再也不会走很多弯路，比起这个来，高考什么的根本微不足道！"

"又不是没人研究，世界上那么多研究所都在攻关这个课题，可是多少年都没有结果。你能做什么呢？"

"我和他们不一样，"我说，"我现在理解和掌握事物的能力……说了你也不明白。我一定要在几天之内搞明白，我不能再回到原点，我不甘心。”

说着我就往外走，叶馨在我背后叫了起来：“林勇，你疯了？就算你有 250 的智商，哪个实验室会凭几句话就让你去做实验？别的不说，苯苷特林的合成方法还是绝密的商业资料，你看一眼就能看出来吗？”

我顿时省悟，叶馨虽然现在智力比我差一大截，可是旁观者清，她说的没错。这种事光靠智商没用，必须要有高级的实验设备和原材料。而哪个实验室也不可能接纳我这个莫名其妙的高中生的。如果时间稍长我还可以想点儿办法，但现在药效不过是几天而已。

“我是怎么了？”我喃喃自语，“怎么有这么古怪的想法，难道真是药效过头，让我发疯了？”

“时候不早了，我们还是去考试吧，”叶馨站在我面前，“一切等考完了再说，好不好？”

看着她温柔如水的眼波，我无奈地点了点头。

我和叶馨和家里通了电话后，就一起向学校走去，走在路上，看着来来往往的芸芸众生，大有成年人看着一群装腔作势的孩子之感。他们的衣着打扮、神色姿态，无不向我提示出更深层的个人信息。那个表面上衣冠楚楚的绅士，看得出穿的都是廉价货色，只是为了工作维持一个体面的形象，多半是一个推销员，目光无精打采，提示出他对自己的工作很不满意，但是人到中年，又无力摆脱；那对在一起看上很甜蜜的情侣，手里拿着一些楼盘的信息，显然是在看房，姑娘嘴角露出得意的笑容，而小伙子却颇有忧色，看来为了结婚，他要付出的代价非同一般，而他脸边隐约的吻痕和抓痕更提示出昨晚一番软硬兼施的交涉；那边，一辆豪华的宝马停下，一个学生装的女孩挽着慈祥的中年人走出来，像是一对融洽的父女，但他们十指交扣的姿态，眼神中的暧昧和嘴角的微笑，却提示给我他们真正的关系，想必昨夜他们度过了一个暧昧的晚上……

一切就这样呈现在我面前，并非侦探般抓住细微线索的或然推理，而是自然地展现出来，就好像看到一个孩子背着书包就知道他是个小学生一样自然。当然，这些也算不上什么高深的见解，但以往却从未如此清晰深刻地印入我脑海。我第一次真切地感到，这个社会表面的形态下，还有着无数丰富的脉络、节点、关系、法则，它们潜在地支配着身在社会中的一切人。

我看到了他们，看到了他们的过去和未来，看到了他们的希望和努力、挣扎和沉沦。但从今天的我看来，这一切都是病态的需求，背离了人的本性，本质上毫无价值，也没有得到幸福的希望。所有人的生活，都植根于这样一种习焉不察的自我折磨和彼此折磨之中。

甚至我和叶馨之间也是如此，我冷酷地想，我以前一直不知道叶馨为什么喜欢我这个只有篮球打得好的大个子，现在却恍然大悟。我们的性吸引力还是由几百万年以来狩猎采集时代的遗传所决定的。那个时代，一个年轻、健壮、善于打猎的小伙子，当然会受到女性的青睐，这是保护她和她的孩子、让他们平安成长的保障。这种规律一直支配着人类，直到当代社会，半大男生们还叛逆不驯，藐视和反抗成人世界的种种规范，并通过从打架斗殴到体育比赛的种种手段展现出自己的身体力量，而女生们对此则心醉不已。在部落时代，这些是年轻人取老首领而代之的必由之路，但今天早已毫无意义。

至于我喜欢叶馨，更不用说，因为她年轻、漂亮、白皙、活力四射，根本上是一种性的吸引力，而这又是因为男性的遗传策略：永远喜欢处于生育佳龄的女子，以便给自己留下尽可能多的后代。我和叶馨自以为一尘不染的爱情，也不过是由这些肤浅可笑且早已过时的因素决定的。正常情况下，我们在上大学之后一两年就会分手。

真是索然无味。

我嘴角泛出嘲讽的冷笑，甩开了叶馨的手，在晨光中走向考场。

七

叶馨觉察出我的情绪有些不对，但她大概是认为是吃药的影响和临考的紧张，没有跟我计较，反而说了几句宽慰的话，我懒懒地没怎么理会。自从看世界的目光变了之后，对身边的人和事反而觉得陌生起来，仿佛一个成人置身于一群幼稚的孩童中般难以适应。

到了考场，要分手了，叶馨问我："怎么样，现在有信心考好吗？"

我不耐地说："没问题，我现在直接去考英语专八都能过。"

"那就好……对了，你说我们一起填报北大好还是清华好？"

"等分出来再说吧。"

"……嗯，那好，我走了。"叶馨幽怨地看了我一眼，又停了一停，仿佛在期待什么，过了几秒钟才转身离去。我知道她身体语言的暗示，我应该抱一抱她的。可是我却没有。但又有什么关系？现在我已经开始对这段关系感到厌倦。

不是针对叶馨，甚至也不是关于爱情，爱情只是一种工具性的繁殖策略，是那些基因为了传递自身而愚弄我们的工具。厌倦是对这个社会本身、人生本身。对此我理解得越多，就越感到一切毫无意义。一个人得多么麻木，才能生活在这样的世界不感到荒诞呢？就拿我们来说，把前途和命运寄托在一场考试甚至一颗药丸上，还有比这更可笑的事吗？

而之后呢，上大学，找工作，结婚，生孩子……所谓步入正轨，其实不过是让人在这个社会中逐渐麻木，最后死去。然而千万年来，人们就是这么过来的，自以为对这个世界已经熟谙世故，其实只是生活在世界表层，对一切一无所知的寄生虫。

但我已经跳出了这个世界，我在一个新的维度之中，重新俯视芸芸众生，如置身一群蠢笨的猪羊之中，明知其最终的命运不过是被屠宰，却无法阻止，甚至自己也被他们裹挟而去，我不自禁地感到深深绝望。可最多几天后，我新获得的知识和能力又会从大脑皮层上剥落，不久我又会和他们一样，还原为社会底层微不足道的一颗沙砾，而对自己的悲惨处境全无觉察。

我有种想要结束这一切的冲动，这很容易，只要从教学楼上往下一跳……反正接下来的烂摊子也不是我收拾。至于父母的悲痛、叶馨的伤心、老师同学的不解，他们又与我何干？当我不存在之后，这些人也同蝼蚁无异。

我站在栏杆边上，第一次感到生命是如此毫无意趣。只要轻轻跨过，便可结束这个延续十八年的无聊故事。我现在知道，那些说两粒苯苷特林会导致自杀的网帖并非妄言。我也猜测出这些现象不仅在主观意识上，而且在大脑结构的客观基础。人根深蒂固的价值取向来源于某些童年形成的特定神经元突触连接及对其他连接的抑制，构成了心理学上的“印刻”效应，而现在在我大脑中，抑制已经解除，新的结构正在疯狂地形成，旧有的连接却被淹没。一切都是可能的，然而一切也都毫无价值。

了解得越多，就越明白，人类对宇宙毫无意义。

就让这一切在这里结束吧……

“林勇！你愣在这儿干吗呢？”

有人在背后喊我，回头一看，是阿牛。

“怎么脸色不太好？”他问，“昨天没考好吧？我也是，想不到居然那么难……不过算了，顶多复读呗……呀，快考试了，再不去来不及了。”

阿牛的话把我拉回现实，我不能就这么放弃一切。至少目前这种宝贵的智力巅峰阶段不应该虚度，像神祇一样活着，几乎能够随心所欲地通晓一切，本身就是莫大的幸福，至于将来，我可能几天后就忘了这些事，继续开心地在这个粪坑里过屎壳郎的生活，又何必多想？

阿牛一定没想到，自己随口一句话就救了我的命，而且也改写了之后的整个历史。

我走进考场，英语考卷发下来了，果然生词和陌生语法结构大为增加，如果是以前我或许会觉得艰深繁难，但此刻这些新增加的难度对我有如儿戏。我花了十分钟答完了所有的题目，又花了二十分钟写完了作文。构思是在脑海中瞬间完成的，时间只是因为需要用笔写出来。作文题叫作“Repayment & Retaliation”，也很有难度。但我写成了洋洋洒洒一千多单词的一篇散文，既有卡莱尔的雄辩，又有斯威夫特的俏皮，还有兰姆的清新。客观地说，在满分之上再加六十分，才能够得上这篇文章的水准。

虽然没人给我这个分，不过无论如何，也该得到满分，除非那阅卷老师看不懂，这不是没可能，我用了不少十七八世纪的典雅表述，只有英语文学的翘楚才能完全欣赏。

我搁下笔，开始百无聊赖地胡思乱想。我想到了哥德巴赫猜想，这个猜想是我初中读到的，当时挺有兴趣，“证明”了几天，但很快放弃了。此刻，我便开始在大脑中尝试证明。

半小时后，我承认自己失败了，这种深奥精微的数学证明需要许多极为繁复细密的专业技巧，但我却一点儿也没有学过。苯苷特林并非无所不能，至少还不能和人类几千年的知识积累相比，你不可能独

立想出一切。不过我构思出了三种可能的证明途径，并凭直觉看出，其中有几个过渡步骤应该是正确的，可以将哥德巴赫猜想转换为几个较为容易证明的命题，这样可以大大降低证明的难度，我打算等考完试，就去找些数学著作来看，或许能攻克这个问题。

看了看表，一小时到了，这是可以交卷出场的最早时间，我当着所有人的面第一个交了卷，走出考场。我打算在明天的文科综合考之前，去市图书馆彻夜攻读，也许能解决一些重要的纯理论疑难，最好能再发明几个专利，这样可以保证我即使以后白痴一辈子，也衣食无忧，父母也可以得到应有的照顾。

我走下楼梯，正在考虑将来的安排，忽然听到背后有脚步声，回头就看到一个淡紫色衣衫的俏丽身影奔下楼梯，向我跑来，甜美的笑容如同天使，长发在风中高高扬起。

是叶馨。

“阿勇！”她亭亭玉立地站在我面前，用银铃般的嗓音说，那声音曾令我无限迷醉，如今却毫无感觉。

“叶馨，你怎么——”

“我看到你从窗外经过，”叶馨说，眼睛中闪着奇异的光亮，“所以我就出来找你了。”

“你考完了？”我发现她表情奇怪，一霎间已经推测出了端倪，心猛然一沉。

叶馨仿佛没听到我说什么，白皙的手指在我面颊上轻轻滑过，痴痴地说：“我好喜欢你。”

然后，她腿一软，倒在了我面前。纤弱的身体重重落在地上。但她没有昏倒，而是挥舞着手足，半睁着眼睛，喃喃自语着什么，仿佛是在梦呓。

这时候，两个监考老师在她身后冲了出来，将叶馨架起来就往一旁的医务室里奔。

“她怎么了？”我跟着他们走去，颤声问，其实心里已经知道了答案。

“她还没答完题就开始胡言乱语，然后站起来到处走动，忽然就冲出来了，我们劝都劝不住。”一个男老师说。

“估计是用了苯苷特林，”另一个女老师叹息一声，“终身致痴了，今早新闻说，昨天山东就有一个考生在考场上变成痴呆的，河南有两个，广东也有……想不到今天居然轮到我们这儿了。这么花骨朵一样的小姑娘，哎……”

“不是说只有万分之一的可能吗？”男老师不解。

“废话，今年全国高考有七百八十万人，万分之一也有七百八十个呢……同学，你怎么了？”女老师诧异地看着我。

我不知道自己看上去是什么样子。我呆呆地站着，只觉得心中一片空白。

虽然没有看到医生的诊断，但我目测一下，已经确定女老师的推测不假，叶馨是变痴呆了，这不会错。

这些日子我也查了一些苯苷特林的资料，一开始看得似懂非懂，智力激增之后理解又深了好几层。我现在知道，终身致痴的原理和一般人身上的副作用大相径庭。正常情况下用过苯苷特林后都会头脑昏沉几天，是因为临时形成的神经突触连接迅速萎缩后，产生的一种对脑细胞活动的抑制效应导致睡眠增加，问题不大。但在极少数人身上，却因为新的神经突触被免疫系统判断为异种入侵物质，而产生一种抗体，这种抗体不仅会吞噬新生的神经突触，而且会无差别地攻击多种神经递质，导致不可逆的反应，患者的大脑皮层最终将整个被“格式化”，几十年的经验和记忆会全部丢失。甚至会侵袭小脑，比如叶馨刚才摔倒，就是小脑受损的明显特征。

我救不了她，世界上没有人能救她。这个过程极为迅猛，至多只有几个小时，而且病情最初是从大脑深处的髓质部分蔓延，表面上看不出来，等到出现明显发病的症状已经来不及了。我的女友叶馨，将永远变成一个白痴。而几天前，她还信誓旦旦地跟我说，吃这种药没事的。

真是滑稽，滑稽得不可思议。

忽然，我耳中听到一个声音在哈哈大笑，又恍惚了片刻，才发现在笑的人是我自己。我笑得前仰后合，几乎眼泪都要笑出来了。

几个监考老师看着我，又相互看看，流露出古怪的目光，我看出他们的潜台词：这小子不会也变痴呆了吧？

我大笑着摆摆手："不，你们想错了，我没毛病，也许是因为考得太好了，哈哈，哈哈！"

"救护车叫来了！"一个穿白大褂的中年人匆匆跑来说，"只不过现在考试，进不了学校，就停在门口，我这里有副担架，咱们把她抬到校门口。"

众人手忙脚乱地把叶馨抬起来，放上担架，女老师看着我说："同学，别光站在那里，帮忙搭把手啊！"

"哈哈哈，没用的，"我狂笑着摇头，"你们救不了她，谁也救不了她，她再也恢复不了正常了，她完了，完了！"

"神经病！"女老师瞪了我一眼，几个人一起抬着叶馨出去了。

我笑了不知多久，直到旁边一个人都没有，笑声才渐渐止息，

我明白自己永远失去了叶馨，而我刚才还那样冷酷地对她！从今往后，在我蝼蚁一样的生活中，最后的一点儿慰藉也消失了。

而最可怕的是，对此我竟然无动于衷，只有一片深深的麻木。

八

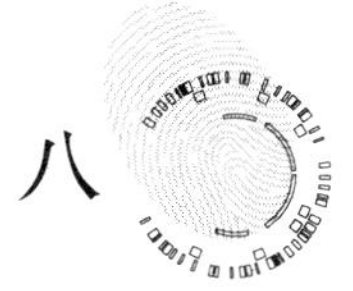

考试结束时间快到了，已经有其他考生交卷，说说笑笑，陆续出场。他们看到一个男生坐在那里发呆，面无表情，只会以为是考砸了，有谁能想到，背后还有那么多惊心动魄的内幕？

我不想碰到熟悉的老师同学，站起身，拖着脚步，木然走出校门，许多家长正在那里翘首相盼，好在没有我父母。但估计也随时可能出现，我不想再见到他们，便关掉了手机。救护车刚开走，我听到许多人在议论“刚才被抬出来的那个漂亮女生”，唏嘘感叹一片，也无心多听。这种惋惜不过是一种为自己平庸低劣的生活增添些许安慰的心理净化，同情的背后就是灾难没有落到自己头上的庆幸。

“同学！同学！”一个面容猥琐的小胡子男人出现在我面前，神秘兮兮地说：“看你魂不守舍的，在里面考得不太好吧？”

“别拐弯抹角，你要推销什么，明天的考题？”我很快判断出他的基本动机，冷冷问。

小胡子愣了一下，一番准备好的动听说辞用不上，不得不说实话：“这个……考题我弄不到，不过有样好东西能帮到你。你看看那些考得好的，其实他们都吃了聪明药，也就是苯苷特林，你该知道吧？如果你想要的话，我这里有，便宜点给你，一粒八万。明天还有最后一门考试，说不定可以改变你的命运，机不可失！”

又是苯苷特林。我一眼看出这个药贩的困境所在：他大概不惜血本进了一批苯苷特林，谁知道今年供过于求，现在手上还有一批没有脱手。病急乱投医，所以虽然只剩下最后一场考试了，还是到考场门口来碰运气，看能不能忽悠到个把倒霉蛋。

“你手头有多少？”我问。

“只有三粒了，你有同学也要吗？如果都要我可以便宜点儿给你，一粒……七万吧。你放心，绝对是真的，都是从美国来的原装货。”

“我得先看看。”

“那不行，”小胡子警惕起来，“药我没带在身上，你先给我打了钱，一手交钱，一手交货，才能……”

他说话的时候，眼睛不自禁地往上看，表情有些不自然，我知道他在说谎，冷笑一声，转身就走，小胡子迅速软下来，拉住我，低声说：“行行，到这边来看。”

小胡子把我拉到附近的一条死胡同里，背后闪出一个膀大腰圆的大个子青年，对小胡子点了点头，看来是他的同伙，警惕地把守着胡同口，以防我抢了药就跑。他看着一切布置停当，才拿出一个印着洋文的乳白色瓶子。

我打开看了一眼，里面有一粒熟悉的半透明胶囊，我看出确是真货，问他说：“另外两粒呢？”

“怎么，你都要吗？”小胡子颇感狐疑。

“至少我得先比较一下，现在好多真伪掺杂的。”

“你放心，我卖的都是真货……”小胡子拍着胸脯保证，我摇头说，“那算了吧。”作势要走，他犹豫一下，终于掏出另外两个药瓶。每个瓶子只能装一粒胶囊，因为严禁一个人同时服食两粒以上，这种方式是明确的提醒。

我让他把药倒出来看看，药贩小心翼翼地一粒粒拿出来，捧在手心上，对我说：“你不用担心，这些都是一样的，没一粒是假的，你要是都要，我可以再打个折扣，二十……十八万全给你。”

我微微一笑，左手忽然抬起，在他手背一拍，三粒胶囊震飞了起来，我右手一抄，已经全都抓在手里，和预想的一模一样。在他反应过来之前，三粒苯苷特林已经进了我的肚子。

那两个人瞬间石化。药贩呆立了半晌，大叫起来:“你……你疯了？三颗都吃了？你不想活了？”

“所谓活着无非是有机体自我维持的生化反应，延续下去又有什么意义？”我冷冷地说，“不过我想看看，一个人的智力究竟能达到多高的地步？这应该很有趣吧？”

药贩气急败坏，扑上来想抓住我：“你想找死是你的事，可是你还没给钱呢？钱呢！”

我微微斜身，让他从我身边冲过，又在他背上轻轻一推，力道恰到好处，令他重心不稳，摔了个狗啃屎。他的同伙从背后冲过来，但我听到了他的步伐，敏捷地转身避开，又一拳打在那大个子的肚子上，让他痛得弯下了腰。然后我跃上旁边的一个垃圾桶，在墙头一按，身子跃起，就翻到了墙的另一边。

苯苷特林增加的，不只是大脑的智力水平，也包括小脑和周身神经的反应速度。现在我全身的反应灵敏度和身体控制力，可以和世界一流的武术家或杂技演员相比。对付这两个动作迟钝的呆瓜，不费吹灰之力。

在那两个家伙翻过这堵墙之前，我已经飞檐走壁，越过了三四个院落和两条小巷，去得远了。

九

吞下五粒苯苷特林是什么样的感觉？能将一个人的智力推高到何种程度？我不知道，地球上大概没有人知道，因为没人会用这种奢

侈的方式自杀。想死大有别的法子。当然之前在动物身上做过实验，一些动物服用过三粒以上的苯苷特林。但这些动物无不在两三天后永远停止大脑活动，变成只剩下呼吸心跳的“植物动物”，没有人知道在之前那段日子里，它们的智力曾提高到怎样的程度。有个别报告说某只猴子曾学会人的语言，甚至能写歪歪扭扭的字，只是写下的东西不知所云，不过实验无法重复，其他的猴子大都在怪叫一通后就倒下不动。

心灵的死亡迫在眉睫，我分秒必争，亦无怨无悔。如能登上智慧的群峰之巅，纵然下一秒便坠入深渊又有何妨？但峰巅又在哪里？

首先，我想到解决某个数学问题，但这个想法很快被我自己否决了。数学只是抽象的形式。即便解答了哥德巴赫猜想之类的疑难，世界的本质仍然在迷雾之中，甚至数学本身是什么也晦暗不明。

当然，更不用说各种科学问题，我深深明白，基础物理、宇宙学、分子生物学这些前沿学科必须建立在观察和实验所获得的坚实实证资料之上，而我却没有时间也没有资源去获得这些。单凭空想或许可以创造一个宇宙，但不是我们的宇宙。其他实证科学也是一样。

文学又如何？现在，我可以写出相当哀婉华美的诗篇和流畅动人的散文，如果有充分的时间，甚至可以写出一部精彩纷呈的长篇小说。但我仔细估量，发现自己还不能——至少是没有把握——超过历史上那些伟大的天才，似乎艺术天分并不完全依赖于智力，而仰仗于某种更原始、更古老的构想能力，某种意义上荷马、杜甫和莎士比亚这些伟大作家已经达到了艺术的完美，在这些方面后人尽管可以发展出更精密巧妙的文学技法，但在最基本的方面难以再取得显著进步。

我走过一排哲学书架，我对哲学了解不多，全部知识来自高中的政治课本。据说这是探索世界本质和规律的一门学科，是一切科学的王冠。这倒是引起了我的兴趣，我在书架上取下一本厚厚的黑格尔的

《哲学全书》第一卷，花了五秒钟读完了头一章，然后便扔到一边。几乎每一页我都能找到三个以上的推理错误，个别出彩的论断被淹没在大量随意而散漫的浮夸联想中。

但我也无须去读其他的哲学著作。在匆匆一瞥间，我不仅看到了这本书本身问题百出，也看到了哲学本身面对的是不可能的任务。没有任何方法能证明世界是精神的还是物质的，或者世界是否真实存在，一切尝试证明的推理都需要借助某种未经证明的前提，而任何一个彼此对立的论述都是自洽而无矛盾的——同时也是无意义的。

然而如果哲学不可能被最终证明，那么一切科学都不可能被最终证明，这是简单却无法挑剔的逻辑。一切的基础之下，就是毫无基础的虚无。

我开始感到一种更深层次上的绝望。千变万化的经验世界仍然有一种根本的限制，无论你有何等的智力，怎么去思考，都无法打破某个固定的界限，绝对不可逾越。如果对这个世界真有上帝式的全知，那该何等可怕而无聊！能知道的都已经知道，不能知道的永远知道不了。

那么究竟什么是值得思考的根本问题，可以让我思考下去，并且可以真正找到一个答案的？看上去，并不存在这样的问题。简单的问题不需要多少思考，而深刻的都找不到答案。

我一边想着，一边仍然阅读着。我没有在阅览桌前坐下，而是直接在书架前站着，凭直觉选择，飞快地抽出一本本书，每本花几秒钟看看前面，然后决定是否读下去。大部分没有继续读的价值，但如果要读的话，就一页页狂翻着，大部分只需略读，值得细读的寥寥无几，花三四分钟——对我来说已经是非常长的时间——细读完一本书后，某个学科的基本原理和方向就了然于心。

两小时以后，偌大的图书开架阅览室被我逛完了，事实上我只看了不到千分之一的书，但其中至少 90% 的精华都已经被我吸收，这种效率胜过无数皓首穷经的老学究。然而在这里我还是找不到想要的答案。

我走进了图书基藏库，它在图书馆的大楼中占据了三层，拥有二百万本以上的藏书。这里是不允许普通读者进入的。但我也无须借助什么欺骗的狡计，只是轻松地判断出管理员的视野盲点，找到了一个转瞬即逝的目光死角，在两个图书管理员目光交错之际，一闪身窜了进去。而管理员丝毫没有看到我的动作。虽然有摄像头，但我肯定根本不会有人盯着看。

书库的内部幽深而肃穆，空气中散发着有些霉变的书卷气息。一排排书架在下午黯淡的光线中静静地伫立着，将无数已经死去的思想埋葬在自己体内，如同某个古墓地上一眼望不到头的墓碑。这里的绝大部分书籍，无人阅读，无人想念，也无人知道。

这里的大部分藏书，事实上也是过时的废话和胡扯，只是一排排腐朽的古人骸骨，甚至还不如外面的有生气些。我一层层看下来，在书库底层的最深处，我在一排外文图书前停了下来，看到某个熟悉的书脊，认出是昨晚翻过几页的那本英文版《联邦党人文集》，昨天被叶馨打断了，没有看完。

哦，叶馨，叶馨，我喃喃念了几声这个名字，虽然相别才几个小时，却仿佛比眼前的那些书籍还要古老，古老得已不可能在我心中掀起一点点波澜。

不过，我今天或许可以读完这本书，如果值得一读的话。

我把这本书抽出来，发现它其实是二十年前人民大学出的一套“剑桥政治思想史原著系列”中的一本，是影印国外的政治学名著，包括《利维坦》《政府论两篇》《论法的精神》……本来的书号标签已经撕去，这些可能从来没有人读过的英文书上落满了厚厚灰尘。

我翻开那本书《联邦党人文集》，埋头读了起来。这是关于美国建国原则的政论集，我刚才读过几本美国史的著作，但是这本书让我真正把握了美利坚合众国建国时的精神氛围：在那个时代，传统和习俗的影响已经逝去，现在一切都是可能的，一个崭新的国家，有史以来将第一次建立在理性的基础上。

这本书明晰透彻，富于思想的活力，可以看出，推动它的是一种理性健康的精神，一切都公开透明，可以讨论，从事实到结论，起作用的是逻辑而非修辞的力量。当然，在深层论证上，它仍然矛盾重重，依赖于某些不可靠的前提，并在一些关键推论上模糊不清，不难窥见时代的困窘。但这本书令我发生了兴趣，人类群体关系究竟有多少可塑性？人的生活意义究竟何在？

我又翻开了下一本书——《利维坦》，并花五分钟读完了它，在我已经是极为少见的细致。这本书比上一本基础得多。书中集中论述的是一个相当有趣的社会理论：最初在自然状态中，人人相互为战，但这种状态因为人类对彼此的恐惧而终结，从此人们签订契约，出让自己的自然权利以换取和平、建立国家。这本书在很多方面当然都有明显的瑕疵，譬如历史中当然从来不存在作者所描述的状态，但不失基本的洞察力：人类社会得以成立的基础性前提是人性中对暴力的恐惧。

我又读了主张社会契约论的一系列作者，譬如洛克和卢梭的作品，虽然其主张往往大相径庭，但可以看出他们的基本洞见不在于从历史意义上考察社会的起源问题，而在于从基本人性出发，希望建立一个最为符合人性的理想社会。在其中代表个人的自然权利和代表集体的公共意志能够融合无间，使人类能够踏上通向永恒幸福的大道。

我忽然想到，这正是我所寻找的那个问题：对于人性来说最理想的社会是什么？乌托邦是否可能？这个问题足够复杂，足够深刻，但又有一个确定的答案，至少不像“宇宙的本质”之类那样虚无缥缈，无法验证。人性，虽然就个人来说千变万化，差异明显，但是作为人类群体，在统计上必然趋于某个稳定的值。人性的各种需求，从饮食男女到自我实现，统计上也必然会有明确的先后排序关系，譬如，霍布斯把摆脱死亡恐惧作为第一需求，无疑是正确的。这样必然能够找到一种稳定的社会制度关系，使得它能够最大限度地满足人的需求。

不，单纯这几点还不够。那些几个世纪前的思想家们还忽略了一点，这一切还涉及资源的问题，特别是人类获取资源的能力变化。显然在资源极少和资源丰富的情况下，资源分配模式也应该不同……这就必须考虑到历史的维度，这一制度不仅应该最大限度地满足当时的人类需求，而且应该最有利于向下一个社会形态嬗变，这就使得问题进一步复杂化了……

但这是一个真正值得思考的问题，并且一定会有一个确定的解。我将我的全部精神投入这一方面，一本本书读下去，从政治学到社会学，再到经济学和心理学，大脑疯狂地旋转着，忘记了周围的一切。

十

问题艰巨之极，在某种意义上比哥德巴赫猜想更深奥，比三体问题更无解，涉及的变量太多，彼此又相互纠缠作用，变成一团解不开的乱麻。

从逻辑上来说，任何一组特定的人性组合都应该有一个独一无二的制度解，这个解相当不稳定，并且极其条件敏感，人性的常量上稍有变化，都会导致原来的解不再适用。但政治制度当然不可能凭借随机的、每一代都微有变化的人性条件而随时兴废。而如果稍微偏离本来的基础，就会酿成一场社会灾难。因此，我不得不放弃寻求最优解的努力，转而思考，是否能找到一个不坏的基本框架，能在最广泛意义上容纳这些不同的人性可能，让它能够在各种不利条件下仍然良好运行。

很快，我找到了整整一打的制度解，其中只有三种在地球上出现过，另外四种有些思想家曾经在想象中描绘过，还有五种大概从来没有任何人类想到过，而这十二种制度都可以保证人类基本上获得和平、稳定与繁荣。

然而这些还不够。事实上，我对于其中任何一种都不满意，没有一种能够实现我希望实现的完美乌托邦。它似乎根本就不可能出现在这个世界上。人性自身的多疑、善变、自相矛盾和朝三暮四就阻碍了理想王国的出现。

除非……

难道……

我隐隐意识到了一个问题，在我的思想中有一个盲点，但那个盲点是什么呢？让我没办法看清楚某个最关键的地方，某个隐匿的真正条件。纵然以我的超级智力也不行，就像哥德尔发现任何一个形式系统中都有无法证明的命题一样，看来任何一个人的头脑中都会有某个盲点。

这个隐匿的关键何在？也许要把整个体系推翻了重来。我走到窗边，凝视着下面车水马龙和穿行的人流，默默思索。让我们回到霍布斯吧，我想。任何社会都建立在人与人之间的某些默契上，这样的默契有很多，但最根本的只有几种，其中最重要的，是人对他人可能伤害自己的恐惧，出于这种恐惧，他们才会彼此协作，建立社会……

如此一来，整个社会都建立在一个根本有问题的基础上，一个没有恐惧，仅仅出于对美好前景的共同追求而进行自愿协作的社会可能吗？那首先要去掉恐惧的基础，这种恐惧从何而来，它真的是不可避免的本性吗？还是——那句话说——

恐惧源于无知。

头脑中如被电光划过，我终于发现了盲点所在，那被深深隐藏在社会生活背后的盲点。我奇怪以自己的智力怎么会一开始没有想到。

恐惧源于无知！

这个世界将何去何从？

大量的我刚刚读过的书籍中的历史和现实在脑海中浮现出来，被无数日常生活经验的例子所充实和印证，它们分门别类，按照历史和逻辑的顺序勾连起来，形成非线性的复杂因果网络，一波波运动，一次次革命，构成地质运动般的板块冲突，生长点和断裂带看似杂乱无章，但在超人智力的洞察下，一切都有迹可循，潜伏着严密的规则。在变化的历史处境中，某些最初的偶然条件被放大和固化，各种因素反复分化组合，几次反复之后，最后形成不可摧的刚性结构，并延伸向不远的未来。

然后是潜在结构的涌现、冲突和断裂，很快，一切消失在黑暗中。这就是结局吗？人类最终将和自己最美好的未来失之交臂，并且永远也不可能再回到它？

不，不会是这样的，或许有什么办法改变，可方法在哪里？究竟在哪里——

蓦然，似乎有一千个炸雷在我脑海中响起，一切坚固的知识都不复存在，世界崩溃解体，化为数据的洪流，沉入无边的混沌，其中也包括我自己。

我知道，是那三粒苯苷特林的药效发作了。我无法再思考，也无法再找到答案。

以后的事，我记不太清楚了，只有一堆似是而非的片段。我的智力无法进一步提升，相反却淹没在亿万无关紧要的细节之中。我比以前更加疯狂地翻着一本本书，从一堆细节跳到另一堆细节，但是再也无法找到一个整体，也无法得出任何结论，我甚至不知道自己在干什么。仿佛我已经疯了，又没有疯，还算清醒的那部分我困在自己的疯狂意识里。

不知什么时候，图书馆关门了，没有人发现我，门被锁上了，我也无法出去，我拍打着门，无人理睬。夜幕降临，我一个人留在黑暗中，和那些异化的知识和思维碎片搏斗着，战栗着，呻吟着，头痛欲裂。我跳动的思维仿佛变成了一个巨大的漩涡，而我被卷入自己的思维中，无法逃脱。

在亿万意识的碎片中，偶尔也有之前生活的片段：童年和父母一起去游乐园的快乐，考上这所重点高中的欣悦，第一次见到叶馨时的心跳，和她在一起那种醉人的甜蜜……我竭力抓住这一点点过去的碎片，试图找回自我，以此保持最后残留的一点儿清明。

可是我终归失败，那些记忆的片段一一消失，我昏了过去，却并非全然丧失意识，在“我”已经不存在的意识里，思维的漩涡仍在旋转着。

在昏迷中，我做了一个梦，梦见自己在一个清晨，再次走向学校，坐在了高考的考场上。问题简单得可笑，一切问题都有确定的答案，有的不在选项里，无所谓，我可以自己补充进去，我行笔如飞，每一笔都雷霆万钧，仿佛是上帝本人在撰写《创世纪》。我不是在考试，是在创造，在发散，在催生一个新的世界，又好像在写完全不知所云的东西。

高考结束了，我走出考场，身边都是同学的欢呼，许多人在撕书，撒向天空，碎纸如同雪花般纷纷落下。我茫然站在纸片的飞雪中，直到看到阿牛站在我面前：“阿勇，你怎么了？跟你说话都听不见？”

这不是梦，我终于清醒过来，这是现实世界，我真的考完了高考。可是我怎么会在这里？昨晚究竟发生了什么？

我还没有明白过来，就看到老爸远远地跑来，气喘吁吁地问我："儿子，你考得怎么样？昨天你上哪儿去了？我和你妈都快急疯了。你怎么了？怎么脸色这么难看？"

"我没事，"我听到自己嘶哑的嗓子说，"爸，我终于考完了。"

然而这已经是最后的回光返照，下一秒钟，我就瘫倒在地上，我看到阿牛和老爸的脑袋出现在天空的背景下，焦急地对我喊着什么，我想回答，却已经张不开嘴。渐渐地，我看到他们的身影越来越模糊，最后一切都沉入无差别的黑暗中。

我的最后一个念头是：我会死吗？

随即，我便落入真正的黑暗，落入再也不用去思考的、无梦的沉睡之中。

十一

我在一个浅绿色的房间中醒来，一切痛楚都消失了，但是意识却还很含混。朦胧中，我看到一个似曾相识的窈窕身影站在我床边。

"叶馨……是你吗？"我昏昏沉沉地说。那身影从模糊变为清晰，我才发现面前是一个未曾见过的女郎，看上去是西方人，一头金发，肌肤如雪，容貌美得毫无瑕疵，穿着某种浅蓝色的制服，像是护士的打扮，看上去年纪不大，目光中充满了自信的神采。

"林勇先生，你醒了？"女郎用纯正的汉语盈盈问，声音柔美得如同夜莺。

"我……我在哪里？医院？"我问。

"算是吧，"女郎说，"你睡了很长时间。"

我的大脑艰难地转动着，试图回忆之前的事情，但头脑运转却比老牛拉破车还慢，再也找不到之前思维飞驰、精神翱翔的感觉。我发现自己对于直到图书馆那一夜之前主要的事件还有相对完整的记忆，但那个晚上及第二天的事已经完全记不清楚，只有残缺的碎片。我尝试着回忆之前汲取的海量知识，但绝大多数都想不起来，只有一点儿恍惚的印象，只是表面上还在那里，只要认真去回忆就消失了，宛如一碰就破碎的肥皂泡。

超人的能力已经丧失殆尽，我再次变成了一个普通人。

但我还活着，有正常人的思维，至少目前看上去是这样。

“我昏迷了多久？”我问，看着周围略感诡异的场景，心中颇有不祥的预感，“几个月？一年？十年？还是——”我忽然想到，自己现在是否已经变成了一个中年人甚至老人？我抬起自己的手臂，看到臂上仍然皮肤光洁，肌肉饱满，并不像已经过去很多年的样子。也许我是胡思乱想，也许不过是几天之后。

但是女郎的表情严肃起来：“你要有心理准备，林勇先生，事情可能和你想的完全不同。”

“你先告诉我，现在是什么时候？”我问。

女郎叹息着，说出了一串日期：“今天是 2177 年 6 月 9 日，自从 2027 年 6 月 9 日上午十一点半你昏倒之后，已经过去了整整一百五十年。”

我发呆了片刻，随即笑了起来：“这算什么？某种玩笑？”

女郎没有回答，向我走来，将一只雪白的手按在了我的胸口。“你干什么？”我有些紧张地问。

“别紧张，”女郎狡黠地一笑，“我为你做个全身检查。”

然后我看到了不可思议的一幕：女郎的整只手没入了我的胸口，只露出手腕。我大叫一声，惊恐地挪向床的另一侧，但女郎的手也随之延长，一直留在我体内，并上下搅动着。

“你……你……”我惊骇极了，结结巴巴地说，但很快发现，自己的胸口不痛不痒，事实上根本没有任何感觉。

女郎缩回了手，做了一个表示“好”的手势：“恭喜，你很健康，看来纳米修复疗法非常成功。”

“你是怎么做到的？”我还惊魂未定。

女郎微笑着眨了眨眼睛，身体上泛起了一圈波纹，她就像水面上的倒影一样波动着，渐渐变得半透明，仿佛是一个虚影：“我告诉过你，我们已经在未来，这个时代我们的技术你暂时还无法理解。”

过了许久，我有气无力地张口：“这么说，现在真的是……2177年。”

女郎郑重地点了点头。

“那你是什么？”我问，“是人还是……机器人？或者这里的你只是一个幻象？”

“我是人，”女郎清晰地说，“同时也是纳米机械体，我不是幻象，有实体的存在，却能够分化为亿万细微的纳米机器，进入任何坚硬的物质结构，也能够变得透明或改变形态，这间房间也是一样，事实上，在人和机械之间已经不存在界限。”

“发生了什么？”我干涩地问，“为什么我会在一百五十年之后？”

“你还记得2027年你最后一次考试吗？”

“嗯……”我仔细回忆着，“不过只有一点儿模糊的印象……好像做梦一样。”

“那不是梦，你真的去考试了，考完之后出来就昏倒了，从此昏迷不醒，还上了新闻。”女郎的手指向墙壁，墙壁如同变成了荧屏，出现了一幅幅新闻图片和视频，我看到了悲痛欲绝的父母，摇头叹息的老师，还有昏睡不醒的……我自己。

“这么说我真的睡了一百五十年？”我摸着自己的脸颊，惊异地问，“一百五十年后你们复活了我？可是我不明白，为什么我看上去一点儿也不老？我被冬眠了吗？”

“没有，只是很简单的细胞再生技术……这个以后再说。我想问你，关于最后那场考试，你还记得什么？”

我摇摇头：“几乎什么也不记得了，那时候我吃了太多的苯苷特林，意识完全混乱了，估计就是胡言乱语吧……这很重要吗？”

“是的，那场考试对今后的历史发展极为重要。”女郎说，随着她的话语，荧屏上出现了几张考卷的照片，我认出了自己的笔迹，纸上密密麻麻都是字，但不明白自己写的是什么。

女郎看到了我迷惑的目光，解释说：“你的文科综合考原始试卷已经遗失，只剩下几张不甚清晰的照片，但这些照片改变了人类历史。现在，它们是我们历史上最重要的文献之一。

“你的这次考试得了十八分，除了几道纯属偶然的选择题外，几乎所有题都答错了，按照标准答案拿不到任何分，却给所有阅卷者留下了深刻印象。特别是最后一道论述题，你竟然加了八张纸，写了九千多字，但写下来的几乎完全是乱码，每一个字词都能读出来，但没有任何意义，比如第一句话是‘圣子疯狂的经济被石头了的的七十一死去已经’，显然只是疯子的呓语。”

我仔细回想，也想不起来自己是怎么写的，只能苦笑：“记不清了，当时我大概真的精神失常了吧。”

“本来这张考卷也许会直接被扔进垃圾堆的，但是页边拯救了它。”

“页边？”

女郎点点头，虚拟荧屏上出现了若干答题纸的照片，果然，在密密麻麻的正文边上，是一组与之全然不相称的数字和数学符号，每一页都有。

“这是……”

“这是一个数学证明，一个相当简单的证明。”

“可我怎么一个字也看不懂？”

“其实你看得懂的，这是一个初等数论的证明，总共有七十七步，虽然比一般中学所学的数学证明繁复一些，但是……你看结论就知道是什么了。”

我看向最后一行字，那里写的是：

“……因此，当 $n>2$ 时，对于任何自然数，都不可能找到一组解，使得 $an+bn=cn$，QED。”

“这是……”我忽然明白过来，“这不会是费马大定理的证明吧？”

“正是，而且应该就是费马没有写在书边缘上的那个证明。”

我不由倒抽一口冷气，费马大定理的故事我自然知道。当初费马提出了这个猜想，自称找到了一个“绝妙的证明”，但是因为书上“空白太小”而没有写下来。此后人们一直在寻找这个所谓的绝妙证明，但从未成功过。虽然在上个世纪末，一个美国数学家最后证明了它，但却是费尽了力气，用了许多高级的数学发现，证明写了一大本书，可谈不上十分绝妙。

“人们长期以来都以为，这样的绝妙证明根本不存在，是费马臆想出来的。但你却天才地找到了一种另辟蹊径的证明方式，并向全世界展示出来，证明费马并没有说谎，的确可以用初等代数的方式证明费马大定理。”

我被她说得好奇地想看看自己究竟是怎么证明的，不过想想还是搞清楚目前的状况更重要：“等等，当时我写下这个证明干什么？”

女郎有点怜悯地说：“这你都想不明白吗？”

我模糊地想到了什么，却又觉得似是而非，头脑中意识乱糟糟的，听女郎说：“这个证明即使常人也看得懂，很快就被监考的教师发现，纷纷传阅，还有好事者拍下你的考卷，放在网上，引起了巨大的轰动，所以你很快就誉满全球，虽然你还是植物人的状态。不过国家奖励了你父母几百万元，足够他们安心生活一辈子了。

“我父母……他们……”

女郎并没有回答，而是又绕回原来的话题，“人们对你当然也越来越感兴趣，很容易调查出你吃了整整五粒苯苷特林的事，对你的超级天才也感到极其钦佩。人们想，这个页边上的证明逻辑严密，思路清晰，既然如此，正文那九千多字怎么可能只是乱写的呢？所以，就有有识之士意识到，那篇看上去只是胡言乱语的文字，或许只是某种加密的文字，中间很可能隐藏了某些重要的信息，是一个天才头脑——不，应该说是整个地球生命体系四十多亿年来所产生的最卓越智能的结晶！许多人都尝试破译，但是却一直没有人能够破译出来，这篇文字一度变得比伏尼契手稿还要出名。

“一般的人类没有能够解开这个谜。但你的成功也鼓励了对智力提升药物的研究，在二十年后，一种最新的智力提升药品苯苷特林 VI 问世了，它能够稳定地将人的智力提高一个层次，并固定下来。经过它提升的一些读者经过苦心钻研，终于发现了你的文章的加密方法，你用表面的修辞掩盖你真正的预言，同时也提供了解读的线索。你巧妙地用一些怪异的表述和错别字，提示出某些句意的颠覆，某些上下文的衔接的错位，某些错误推断背后的真意……这些常人无法读出来，即使告诉他，他也会觉得是牵强附会。但在经过高阶的智力提升之后，再看这些文字，就好像从三维图中看到隐匿图像一样清楚明显。”

十二

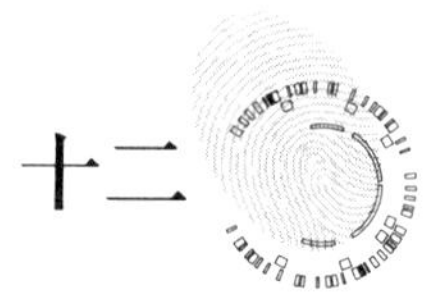

“那么我的预言是什么？”我越来越好奇了，那一夜，我究竟发现了什么？

“你看到了这个世界真正的暗流涌动，很快会浮出水面。一个旷古未有的转折点即将到来。随着智力提升技术的最终成熟，提升的智力将会稳定下来，使得一部分大脑结构特异者永久性地获得过去只有最伟大的天才才能享有的高阶智力。几十亿年来，宇宙对地球生物最悭吝的资源——智力，终于将对人类的一部分成员近乎无限地开放。他们将成为超人类。

“但这并非天使的号角，最初反而是魔鬼的诅咒。在二十一世纪下半叶，由于第一批超人类的出现，整个世界都将面临异常的混乱。在几十年内，由于经济差异和个人体质问题，一部分人智力将会得到提升，另一部分人没有，智力提升者内部也不是铁板一块，有些人可以提升到极高的智力，有些人不过比正常人略高，高阶的智力提升者看待初阶的同类，不下于人类看待猿猴，甚至他们自己也将形成不同的立场和派系，这一切将会在世界上引起史无前例的仇恨、疯狂和恐慌。

“最大的可能是，为了维护世界稳定，成为超人类的高阶智力提升者在足够壮大之前，就被以立法的形式加以限制和消除，比如永久禁止一切类苯苷特林药物的使用。其他的可能包括全球核战争、种族大屠杀，或者个别超人类对全人类进行专制统治和扼杀同类，等等，人类几乎无法走出这个瓶颈。

“但几十年前的你计算出了这一切，并在最后几千字中用隐语阐明了新的社会生活原理，你指出，以往人类社会的根本前提是人性稳定不变，但在苯苷特林等药物问世后，这一前提已不复存在。人类自古以来的全部政治智慧都已不再适用，超人类必须创造属于自己的完美社会。而你指出了这个新世界的建立方式。”

“恐惧源于无知……”我想起了最后那句话，喃喃道，“原来这句话的意思是，只要有超人的智能，就能够摆脱恐惧，实现真正的协作。”

我依稀明白过来。当时自己的盲点就在于看不清人性的基础即将发生巨大的变化，当人的智力提高到一个全新境界的时候，一切基于旧人性的社会体系都不可能再存在了。

“那新世界是什么样子的呢？”

“其中较为深奥的部分，现在你自己也无法理解。简单说吧，新制度是严格按照智力区分的等级制度，不同智力阶层之间不相互侵害，但是却拥有不同的政治权限。原来的人类和低阶的智力提升者无权进行统治，而必须绝对服从高阶者的命令，如同儿童要服从大人。虽然这些人本身可能是成人，而高阶者可能反而是他们的儿童。”

“这未免太……专制了。”

“如今你自己也这么认为，不是吗？旧人类根本不可能接受这样公然违反人类基本价值观的社会制度，因此你知道自己必须保持隐秘，只能让超人类们获知这一点。你知道自己的高考考卷由于特异必然会广泛传播，因此精心设计，不仅让它在之前发挥了重大的影响，而且在其中埋下了思想密码，等待着几十年后才会出现的同类解开。

“按照今天的分类，你服下第一粒苯苷特林的时候，还只是聪明的普通人类，智商大约是150至160，服下两粒后，智商提升到200左右，也仅仅是刚刚跨过超人类的门槛，属于超人类I型，但最后三粒苯苷特林起作用后的十二个小时之内，你的智力相当于超人类III型，已经无法用旧人类的智商指数测量。而在几十年后，出现的也只不过是I型和II型。你的蓝图对他们也是意义匪浅的。如果没有你，必然会发生一场可能毁灭世界的混乱。

“超人类们破解了你留下的秘密之后，彼此联合起来，心照不宣，秘密地按照你的路线前进着，虽然不无波折和坎坷，甚至几度险些被清洗，但他们韬光养晦，形成了秘密团体，凭借智力的绝对优势逐渐把握了世界的政治经济命脉，当旧世界发现他们的力量之时已经太迟了，超人类已经过于强大，非旧人类可以梦想。经过一场短暂的全球革命，全球各大政府被颠覆了，超人类的权威统治建立起来。这一事件被称为奇点革命。那是一百多年前的2071年的事了。

“此后一百年，人类的发展不仅超过以往的一万年，也超过了旧人类在另一种未来可能的一万年。超人类的社会制度无限解放了人类的创造力，我们从真空中取得无尽的能源，让全人类得以摆脱劳动的苦役；我们转变了自身的存在形态，让人和纳米机械完美融合，进一步将智能提升到无与伦比的程度；我们还通过人造时空虫洞打开星际之门，驰骋于宇宙，成为亿万星辰的主人。你想看看我们的世界吗？”

“你们改造了整个地球？”

女郎不置可否，舞动手臂，做了一个仿佛是“打开”的手势。周围的墙壁渐渐变得透明，然后消失，我发现自己面对着一座缤纷奇异的城市，珊瑚一样巨大而精致的建筑从发光的海洋下生长出来，伸向天空，如同一座水上森林，甚至在缓慢地摇曳着，在“珊瑚枝”之间，花朵一样的奇妙结构四处飘飞。我无法用语言形容这座城市的恢宏壮丽。我们就在某片不大的花瓣上，悬浮在海洋和天空之间。

我出神地看了很久，才又抬头望去，头顶上是繁星点点的星空。但不是我熟悉的星空。星光璀璨了百倍以上，在天心，横亘着一个气势磅礴的银白色巨蛹，向两边延伸出亮丽的光带，直垂天际的地平线。

“这是……”我瞠目结舌。这不可能是地球上的景象，难道是某种虚拟的数字效果？

“这不是虚拟，”女郎像看透了我的心思，“我们在仙女座星系的中心区域，我们看到的是它的核球部分，不过这不是一颗行星，而是一个直径三百万千米的人造环形世界，这是目前泛宇宙人类文明的中心。我们距离仙女座星系的中心一万光年，距离银河系和地球二百一十九万光年。”

十三

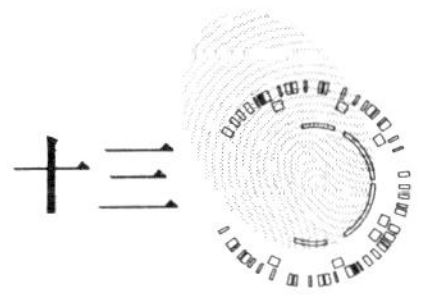

“不可能……”我失声惊呼，“才一百多年，人们怎么可能到……到仙女座星系？怎么可能那么快？！”

“快慢依赖于度量标准，对我们来说，过去的时代才是慢得像蜗牛的步伐。在奇点革命之后，在超人类的社会中，一切都在飞速进化，无数之前只是科幻概念的超级技术都在几年甚至几天之内出现了，现在每一秒钟都有上亿个超人类从各星球的复制中心诞生，每秒都有十个以上的行星和卫星被殖民，每秒都会诞生好几个过去千百年才能产生一个的重大发现发明，并在几小时里在全超人类的范围内普及。人类的足迹已经踏足一亿光年内的每一个星系，甚至已经启程去探索已知宇宙的边缘。”

我呆呆地望着这遥远而陌生星系的银心，半天说不出话。小时候，我曾经梦想过去月球和火星，长大后这种幼稚的梦想早已烟消云散。但今天，我却在两百万光年外的另一条银河。

“这一切都是你带来的，”女郎说，“虽然今天超人类的智识已经超越了你当初的巅峰状态，但是如果没有你的设计帮助我们度过最初的瓶颈，也不可能有后来的一切。虽然超人类中不存在偶像崇拜，但你的历史功绩仍然受到超人类的敬重。”

“可是我是怎么到这里的？”

“自从你昏迷之后，就成了植物人，不过发现费马大定理简单证明所带来的名利给了你和你的家人足够的生活和医疗所需。还有不少人积极筹款想把你唤醒，问清楚那段乱码背后的秘密，但从来没有成功过。对于你的病症，世界上最顶尖的医生也无能为力。你的神经元突触连接已经全部被破坏，没有任何意识可言。但是人们让你活了下来，五十年代超人类兴起后，也秘密接管了你的肉体，将你妥善地保存起来。

“在2077年的奇点革命后，你被超人类视为我们这一种族的先知，地位更胜从前。随着超人类创造力的几何级数的爆发，新的技术开始越来越快地出现。我们首先让你在肉体上实现了永生，然后让你已经是一个老人的躯体年轻化。许多即使在超人类中也是最杰出的头脑为了研究让你复生的方法殚精竭虑。终于，在三十年前，这种技术问世了。它能够根据被严重破坏的脑结构残痕算出本来的突触连接，进行再造，从而恢复你的记忆和意识。原理虽简单，但计算量大得惊人，如果用你昏迷之前的最先进技术，要制造地球那么大的超级计算机才可能在适当时间内算出结果，不过这对超人类来说，已经不成问题。

“然而在这里，人们发生了分歧。究竟复活哪一个你？我们可以去除后加的增生突触，复活本来的你，也可以复活那个智力上升到顶点的你。一部分人主张复活智力巅峰时期的你，这样你可以作为和我们平等的超人类加入我们。但另一部分人则主张复活常人的你，因为那才是真实的你自己，是后来历史真正的本原。两种意见相持不下，但是没有争执，我们只是决定搁置这些争议，让历史来决定。

“大约十年前，随着人类文明中心的转移，你随同地球上的无数文物资料一起被转移到仙女座星系内部。两个小时前，经过最后的商议，人们最终决定复活本来的你，然后让你决定自己的未来，一切由你的选择决定。一小时前，你被复活。”

“我……能有什么选择？”

“你已经被宇宙超人类最高理事会赋予了特殊荣誉公民的身份，你可以保持目前的状态，在全宇宙范围内游历，并受到人们的尊重和欢迎。但是让我提醒你，人的世界在一百五十年后已经演变到了你根本无法理解的程度，你无法和任何一个最底层的超人类进行足够水平的交流，你不可能适应超人类的生活。”

“可是我们之间不是能交流吗？”

女郎微笑了，带着怜悯的目光：“某种意义上，人和他养的宠物也能交流。”

我不禁苦笑：“看来我永远无法融入你们的社会，就像一只猴子无法融入人类社会。”

“恐怕是的。不过还有一种选择，就是再度进行永久的智力提升，变成那个给我们启迪的真正先知。那样你可以愉快地融入我们的世界，跟随我们一同进化，享有宇宙所能提供给智慧生命的最大幸福。”

“这么说，我有什么理由不去选择后者呢？简直太完美了。”

女郎凝望着远处的珊瑚形建筑，微微摇头：“有一个很特殊的原因，这也就是一开始在超人类中的分歧之所在，你的大脑拓扑结构事实上不适合进行永久的智力提升，它的发展弹性是有限的。如果强行进行智力提升的话，在你大脑中会形成新的超级人格，但如今的你会沉入超级意识的底层，变成某种类似潜意识的状态。这也就是当年为什么你在最后阶段会丧失意识的缘故，事实上，当时的你大脑内形成了一个全新的超级人格，问题是，你只是其中一部分，你无法享有整体的自我意识，你不会感觉难受，但是会把自我意识让渡给新形成的超级人格，而你降格为其中一个运算单元。”

“你们不能解决这个问题？你们技术那么先进，不能让我——我现在的自己——变成超人类吗？”

女郎摇头说：“你没有明白问题在哪里。当然，我们甚至可以把一只蚂蚁的神经结改造成人类的大脑，但如何改造呢？也只能加入新的材料和结构，本质上我们只不过是新造了一个人类大脑，并把那只蚂蚁的神经结嵌进去。那个人并不是之前的蚂蚁。至于你，虽然不至于像蚂蚁那样近乎毫无智能，但问题是类似的，不可能通过技术方法解决。”

“也就是说，”我自嘲说，“一种选择是让我生活在一个我永远不可能理解的世界里，另一种选择是让我生活在我永远不可能理解的自己之中？真是完美的选项。”

“抱歉，我们别无他法。”

我苦笑一声：“看来你们的力量也有限度，那么在这个时代，还有像我一样的人吗？对了，我爸我妈——他们还在吗？”

女郎微微摇头：“他们照看了你几十年，但在奇点革命之前就寿终正寝了，你父亲去世于2058年，你母亲是2063年。令人宽慰的是，他们在临终时都知道了我们会保证让你重生，所以走得很安详。”

老爸老妈已经死去一百多年了……我想哭，却哭不出来，醒来之后的各种震撼实在太大了，甚至压倒了悲伤。

“那么……”我的心忽然一跳，“对了，叶……叶馨呢？你知道她吗？”

女郎面无表情，淡淡地说：“知道。”

“她在哪里？你们也让她恢复意识了吗？”我一颗心狂跳起来。也许很快，我就可以见到叶馨，我已经预感到，她正在什么地方等待着我……

女郎摇摇头：“很抱歉，叶馨她……也已经去世了。事实上，你知道的旧人类都已经不在这个世界上。”

我悚然一惊：“奇点革命只不过一百多年，你们又发明了超级技术，他们怎么会都死了？”

“请别误会，”女郎像是看到了我的心思，解释说，“这里没有战争或者种族灭绝，当然在奇点革命中一些旧人类顽抗，甚至试图动用核武器，超人类不得不进行反击……只不过死去了几千万人而已。奇点革命后，旧人类被集中在澳大利亚的保留地，我们用超级技术供养他们，给他们舒适的生活，只是不传给他们永生技术，如今他们的后裔还在地球上，但是你认识的那一代人都已经过世了。”

我惨然无语。

“如果你愿意，可以回到地球上，和他们生活在一起。”

“不，”我决然摇头，“我想我没法适应当被超人豢养的宠物的生活，你们不如给我一台时间机器，让我回到过去。”

“没有也不可能有时间机器，因为这在物理学上不可能实现。不过或许有一个办法，能够达到相同的效果。”

“什么方法？”我又鼓起了希望。

“重造出那个 2027 年的世界。”

“这怎么可能！？”

“在这个世界，没有什么是不可能的。我们可以通过你的记忆和那个时代的丰富历史记录，通过超级计算机海量数据的计算精度，为你造一个虚拟实在的世界，在那个世界中，你将回到 2027 年，抹去

一部分的记忆，继续过你之前的生活，过几十年上百年都可以。你可以在许多年之后重返现实，也可以选择无限循环地过下去，甚至可以选择……像一个正常人那样死去，意识永远消失。”

我被这个念头诱惑了，犹豫了一会儿说：“可那是逃避现实。”

“不，应该说，我们在为自己创造现实，无论是旧人类还是新人类都是一样。”

“我想知道，”我盯着她的眼睛问，“如果你是我会怎么选？”

“我吗？我会选择最适合我本性的生活。”

“那什么是适合你本性的生活呢……叶馨？”

女郎并没有显露出太惊讶的神情，只是沉静地看着我，最后无奈地摇头一笑。她的眉眼忽然如在雾气中一样模糊，但片刻间，已经恢复了正常，却已完全变样。那张我魂牵梦萦的面容再次出现在我面前，只是目光已经变得完全不同，它曾经天真又炽热，如今却睿智而冰冷。

“想不到你还是认出了我。”叶馨说，她的声音也和旧日相似，温柔如水，却没有任何情感在里面。

“从一开始我就有一种微妙的熟悉感，你的脸虽然不是你自己的，却是你最喜欢的安格尔的《泉》上的少女，你的一些手势，还有你微笑时眨眼睛的样子……这是那种恋人间不可言传的熟悉。虽然我也无法完全确定，不过如果叶馨真的活着，那么要唤醒我，她应该是最好的人选。”

“你猜对了，即使在变成超人类之后，有些事还是无法改变，”叶馨轻叹着，“很抱歉，阿勇，我隐瞒你，只是不想增加你的困扰。是的，我是叶馨，那场悲剧后我们都沉睡了，但我的情况比你为轻，我在奇点革命后不久醒来，接受了永久的智力提升。”

“但我也没有欺骗你，我已经是另一个人格，以往的叶馨确实已经不复存在，沉入我意识的基底。我还记得叶馨的一切，但是整体上已经超越了人类的阶段。变成超人类后，一切都不一样了，往昔的情爱已经无足轻重。超人类有全新的生活和情感，或许你无法理解。”

“我能理解。”我涩声说，“我也曾有过类似的感觉。”

“那就好，”叶馨说，一双明眸在仙女星系之心的照耀下闪闪发亮，“在我身上，也有一部分想要回到过去，回到和你在一起的日子呢。或许那就是我至今仍然保持一些过去小习惯的原因。我想，是该和过去的自己彻底分离的时候了。现在，我把她送给你。”

她把手再次放在我胸口，那只手慢慢融化，变成水银一样的流体，渗透进我的皮肤之下。我感到了一种久违的熟悉的温暖。那是真正叶馨的感觉……

“你的选择是什么？”她轻声问，随即微微点头，“不用说了，我都已经知道……你会如愿以偿的……”

她身体的其他部分渐渐消散在空气中，周围的奇异城市和星空保持了片刻，然后也烟消云散。

而我再度落入无意识的深渊，刚刚的记忆又在遗忘之海中沉没。

尾声

细雨空蒙，邈远无涯。丝丝雨线从阴霾的天空落下，在黄浦江上跳动着，泛起万千细碎的涟漪。十里洋滩在雨幕中变成无差别的灰蒙蒙一片，远处的东方明珠和金茂大厦顶部也笼罩在一片雨雾里，若隐若现。秋雨绵连，气温陡降，地上落满了破败的梧桐树叶，没有几个游人，只有空旷的河滨大道在雨中伸向远方。

我撑着一把黑伞，独自伫立在外滩，凝望着流动的黄浦江水，心中百感纷呈。

五个月前的高考，我铤而走险，多服了一粒苯苷特林，终于完成了预定的目标，在英语和文科综合考试中拿到了近满分的佳绩，弥补了语文和数学上的损失，虽然没有进北大清华，总算也考上了上海的一所重点大学。但过量服用苯苷特林的副作用也大得可怕，我随后沉睡了三个月，志愿都是父母代填的。等我清醒过来的时候已经是九月多了，险些耽误了入学。

三个月的沉睡，我好像做了许多稀奇古怪的梦，比如似乎一次次参加高考，却在试卷上胡乱涂写，又好像飞檐走壁如同大侠，甚至似乎到过奇异的外星，遇到过一个有几分像叶馨的金发少女……但只剩下零星片段，似幻似真，无从寻觅。当我醒来，知道自己已经酣睡了三个月之后，惊得出了一身冷汗：我真担心自己永远睡去，再也醒不过来，那将让把我当成命根子的父母如何承受？

好在一切都过去了，我及时醒来，看到了梦寐以求的录取通知书。恢复了几天后就出院，由父母带着，背着大包小包来到上海读书。我的同学也大都考上了不错的高校，就连阿牛都上了本市的二本。

但是还有一个人，一个我无法忘记的人，她却——

背后传来轻盈的脚步声，我忙回头，看到一把红伞下，一个窈窕的熟悉倩影向我走来。

“叶馨……”我喃喃念着这个甜蜜而凄楚的名字，女孩走到我面前，和我对面而立。几个月不见，她瘦了一圈，却显得更加清丽。

昨天，当我在宿舍里接到她的电话，她告诉我来了上海，约我今天见面的时候，我还不敢相信自己的耳朵。但今天，看到那个我爱的女孩亭亭玉立地站在我面前，我忽然鼻子酸了，想要哭上一场。

叶馨的眼眶也红了，她擦了擦眼角：“阿勇，阿勇。”她呢喃着。

我们走向对方，在伞下轻轻地拥抱，亲吻，感受彼此的呼吸和心跳。

“你真的没事了？”过了一会儿，我问道，昨天电话里我们已经说了一些近况，但没来得及详谈，“我醒过来以后，一直联系不到你，听同学说，你爸妈带你去美国治病了。我打了好多个电话，也打听不到你的消息。我快急死了，生怕你……”我把最后几个字咽进肚子。

“是啊，美国那边发明了一种新疗法，可以刺激脑细胞的轴突重建……我治了三个多月，总算没事了，回家以后才知道你的消息。可惜你又开学来上海报到了。”

“没事就好，对了，你怎么到上海来了？”

“我当时昏倒了，最后一门文综不是没考吗，”叶馨叹了口气，“上大学是没戏了，我爸说，也不用复读了，干脆让我出国，去多伦多念书，这两天到上海的领事馆来办签证手续，事情一大堆，好不容易才抽出半天来见你。”

“你要去加拿大了？”我心中一沉，“什么时候走？”

“大概下个月吧。”叶馨轻轻说。

“去多久呢？”

“我也不知道，要读本科的话，可能得要几年。”

我默然无语，心里难过。我们都是大难不死，本以为总算可以在一起，谁知刚刚见面，又要分别，从此远隔重洋。我扭头望向远方，一只孤独的鸟儿在雨中飞着，越过清冷寥廓的江面。

“其实我也不想去，”叶馨小声说，“我宁愿复读一年呢，可是爸爸说，我的身体不能再吃苯苷特林了，在国内没法上大学，所以……”

“挺好的，”我强忍着内心的波澜说，“那边读书条件更好，反正现在交通通信也方便，我们可以在网上天天视频，你放假过年也可以回来。”

“嗯，我会的，”叶馨说，又挤出一个笑脸，“对了，别说我了，说说你吧，上大学一个多月了，感觉怎么样？有没有认识别的女孩子？听说华师大美女很多，你可不能见异思迁！”

“哪儿有……”我苦笑着，看她面色苍白，身子发颤，“怎么了，不舒服？”

“不是，只是有点儿冷，降温太快了。”

“我们别站在这里说了，”我说，“去前面找个咖啡馆坐下来慢慢聊吧，还有时间。”

“嗯，”叶馨重复了一句，“还有时间。”

叶馨钻到了我的伞下，拉住了我的手，像我们第一次确定感情时那样。我感到她的小手异常冰冷，不由怜惜地攥紧了它。慢慢地，我感到了她掌心的一丝暖意。

我们牵着手，在细雨中走向迷蒙的未来。

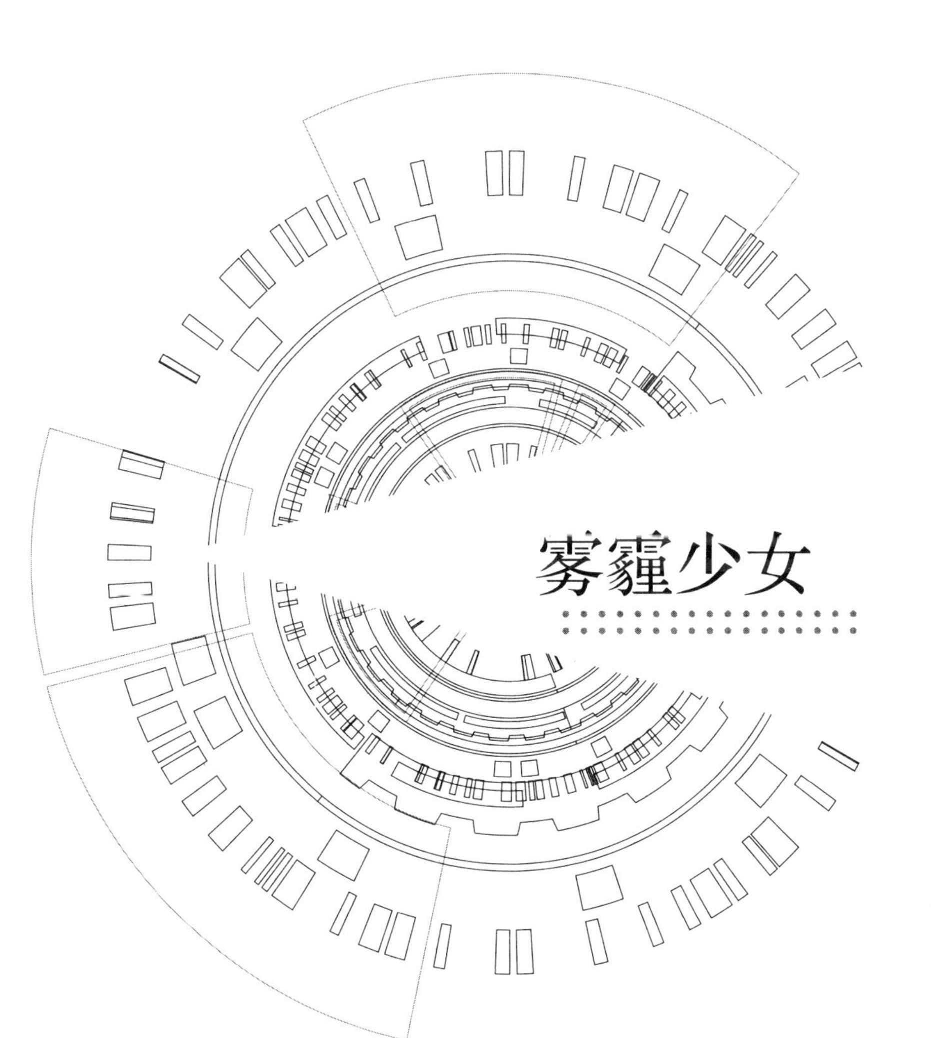

雾霾少女

一

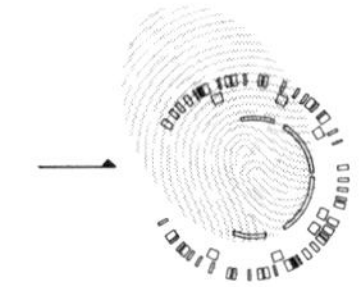

那件事发生在我十五岁那年初夏。

当时我还是个懵懂少年，被老爸送到市郊的国际精英学院读书，全封闭式管理，平时想进城都不行。好不容易盼到了一个周末的下午，可以出来玩一趟。我还没有自己的车子，就打了一辆出租车从郊外别墅到了市中心广场。在宏伟的广场上，我兜了一圈又一圈，目不暇接地环顾四方，心中涌起一阵阵从未有过的兴奋。

令我兴奋的主要原因是我爸刚给我买的新款墨镜。精致的智能镜架衬着我十五岁的面庞，通过细微的变形调节来适应我的脸型，掩盖了本来的青涩稚嫩，增添了几分令我欣喜的成熟气息。透过蓝紫色的镜片，我看到金色的阳光透过云彩，从周围高楼的缝隙间射进来，又通过无数玻璃窗的反射，照亮了城市的大街小巷。几条主街上，全自动汽车如流水般穿梭不息，大街两旁的商铺招牌也反射着阳光，锃锃发亮。街上的人流熙熙攘攘，摩肩接踵。三五个衣裙鲜丽、花枝招展的女孩子从我身侧走过，留下一串风铃般悦耳的笑声。我目送着她们的背影离去，看到远处摩天大楼林立，还隐约可以看到一条悬浮轻轨蜿蜒其间，在它们后面，本市最高的建筑——七百层的未来大厦直冲云霄。

多么美好的世界啊，一切都美得不可思议，宛如梦幻。

“I’m the king of the world!”看到了这一切，我在心中无声地呐喊了一句。我真想兴奋地大喊出声，但控制住了自己。我不想那么引人注目：如果让别人发现我的特别之处，就没那么好玩儿了。

我走进了广场旁边的步行街，各色商铺都热闹非凡，但我没有进任何一家商店，只是在街上随意闲逛，贪婪地东看西看，仿佛是第一次来到这个世界上。本来平凡的一切，忽然间变得那么奇异而美好，那么千姿百态，美不胜收。

“忽然发现这世界美得炫目。来去匆匆的行路人，将背影嵌在这七色的城市里，竟是从未见过的风景画。孕妇穿行在季节风里，脸上写着母亲的骄傲。孩子们是这风景里最鲜艳的一笔，它是跳动的，泼洒了整个的风景。这是我的城市，被我爱又被我忽视的城市……”

我不由吟哦起语文课本上的句子，第一次体会到了上个世纪作者的感受。走着，看着，像外来的游客那样，陶醉在这座处处都美丽优雅的大都市里。我问自己：这真的是我生于兹长于兹的那座城市吗？

我有些不敢相信地摘下了墨镜，周围的世界顿时变了个样。

好像一支交响乐戛然而止，绚丽缤纷的都市消失得无影无踪，高楼、车流、行人、商铺……一切都沉入昏黄的雾霾中，五六米外就什么都看不到了，只有几盏远处的强光灯还能看到亮光。

“笃笃”脚步声响，一个戴着口罩的行人从霾尘中出现，目不旁视地匆匆从我身边走过，又进入了另一边的灰黄，再也看不见了。

站在这一团朦胧的中心，我忽然有一种荒诞的错觉，好像自己不是在千万人的大都市中央，而是在宇宙深处的某团原始星云里，千百光年之内一个人都没有。我摇摇头，不禁笑自己，瞧，才戴上现实恢复眼镜几个小时，就不习惯生活了十几年的环境了。这才是我的家乡，我的世界。

说起来，几十年前的人们确实是生活在另一个世界里，一个可以一眼看到几千米之外的高楼大厦的世界，一个白天阳光普照、晚上星空灿烂的世界，一个不需要戴口罩就可以上街的世界……那个世界逝去不久，却已经离我们很远很远了。我平时只有在电影里才能窥见那个世界的风采，但依靠高科技的手段，今天终于见到了世界的本来面貌。

想到这里，我低头仔细端详起那副墨镜来。虽说叫作“现实恢复眼镜”，但我知道，它实际上是一种现实增强技术，略粗的眼镜腿里藏着精密的微型量子电脑，它有强大的计算能力，可以对镜片接收到的光线进行演算，将雾霾粒子造成的干扰效果剔除，还原出一星半点其他事物的反射光线，加上卫星定位、城市立体地图以及实时接收全市几百万个传感器的数据，能够在最大限度上恢复城市和行人的本来面貌，误差不超过万分之一。凭借它，你才能够看到这世界的原貌究竟是什么样子。

这款超级眼镜不久后一定会成为高端市场上最受青睐的抢手货，不过现在它还是实验型号，欧洲还没有正式上市，国内更是找不到踪影，更不用说就算在国内发售，价格也会极为高昂。我相信现在全市有这种眼镜的人就我一个。相对于那些“鼠目寸光”的芸芸众生，能看到一切的我可说是有神一样的能力了吧。想到这里，我心中充满了自得之情。

不止如此，我还有另一件宝贝呢……

对了，得办正事了！我心中一凛，又戴上墨镜，在再度浮现的城市街景中快步向目的地走去。

二

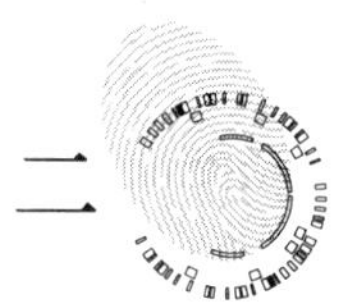

街道笔直，人行道边的绿地里，一片片花卉开得红彤彤的，在茂密的绿叶中摇曳，煞是好看。当然，这些都是假花，没有任何地球植物能够在不见天日的毒霾中长期存活。真的花草倒是也有，但都笼罩在透明密封的玻璃罩里，岌岌可危地代表着这座城市里最后的自然残迹。

从闹市区走到“那个地方”得穿过大半个市区，我本可以打车或者坐地铁，不过既然有了超级眼镜，我大可以步行穿过城市，趁这个机会仔细看看自己熟悉的故乡究竟是什么模样。

路上人来人往，虽然最远也看不到十米之外，但没什么大危险。在最后一次治理雾霾的行动失败后，人们不得不适应雾霾生活，和全国其他城市一样，我们这里也经过了彻底的改造，人行道和车道已经完全分离。汽车早已不用司机驾驶，而是由城市的中央电脑根据车子上的定位信号和目的地等信息统一控制，可以保持高速运行，也不用担心撞到前面的车子或者护栏上。至于人行道已经被隔开，除非在特定的上车点，行人绝对碰不到汽车。红绿灯和斑马线也已消失，代之以天桥和地下通道，因此可以尽量避免因看不清而产生的交通事故。

我走过一座天桥时，心中一动，驻足向街心望去，看到了一个老人站立的铜像，应该是革命时代的某位伟人。说来滑稽，这个路口我从小到大也路过无数次了，但是每次街心的雕像都笼罩在深深的雾霾中，我还没有一次看到过它本来的样子。我甚至怀疑最近二三十年里都没人亲眼看到过它。

这回我看清楚了，那座铜像早已锈迹斑斑，甚至本该举起的一只手臂都掉了，可能是被雾霾中的有害成分腐蚀的。没人说得清这灰霾里究竟有什么。汽车尾气、工业烟雾等各种污染物，以及土地沙漠化产生的尘沙……它们像这座城市死去的灵魂，鬼气森森，似散还凝，将每个人紧紧包裹。如果市民每天出门不在身上涂一层防霾油的话，说不定比那铜像还要惨不忍睹。

不知走了多长时间，我走到一处人没有那么多的街角，听到一阵喘息和低语声传来，绕过街角，顺着声音望去，就看到一张街边长椅上，两个白花花的躯体纠缠在一起，像两条蛇一样激烈地扭成一团，几件花花绿绿的内衣胡乱搭在旁边。

我有些好奇地看了他们几眼，虽然大人不怎么跟我们解释这些，不过十五岁的我当然知道这是什么。这种游戏是雾霾时代的产物，在浓霾中，街道的任何一个角落都像是被拉上了一层厚重的灰色幕布，给了尝试者很大的心理安全感。再说，所有人都戴着严实的口罩，就算被人看到也认不出来，这就更令人放心了。所以最初还只是在个别偏僻的场所尝试的行为，很快因为难以遏制而在城里蔓延开来，后来就成了长盛不衰的风尚。

那对男女涂了防霾油的身子油光锃亮，有时候两张脸会碰到一起，仿佛要亲吻，但只能隔着厚厚的口罩摩擦几下，看上去颇为滑稽。是啊，不论多么欢愉的时刻，都没人敢把口罩取下来……

我不敢多看他们“表演”，很快走过长椅，顺着街道一眼望去，发现这条街上正在表演的情侣还真不少，至少有十来对。他们自以为安全地沉浸在自己的小世界里，却想不到让我看了个一清二楚。

过了这条街，前面隔着一座牌楼，都是破落的小街小巷，地上到处是垃圾和污水。我知道这是城市空气污染最严重的地区之一，有上百万底层贫民和外来流动人口住在这里。

我站在这个诡异世界的入口，一时有些踌躇，要不要进去呢？这里面是怎样的世界？那套装备真的能管用吗？我不禁感到几分害怕，想取消今天的行动，但这时候，几个衣服脏兮兮的民工戴着更肮脏的口罩从我身边经过，没人向我看上一眼，他们显然根本看不到我。这给了我信心。来都来了，怎么说也要试试吧？

我走进牌楼，沿着小街向前走去，拐过一个弯，就看到一个洗头店门口坐着一个浓妆艳抹的女人。她最初没看到我，但仿佛从我的脚步中得到了讯息，站起来对着我的方向招手，用很重的口音招呼：“先生要按摩吗？来嘛！来嘛！”

我站住脚步，不自觉地回答：“不，我不是来——”

但女人走过来，已经看到了我，脸上露出一丝惊讶的表情，大概是从我的衣着打扮看出我家境不错，声音变得更加柔媚起来："小弟弟，你是第一次来吧，姐姐带你玩好不好？"

那女人少说也三十多了，妆画得很浓，戴着廉价的棉布口罩，上面画了一张拙劣的红唇，看上去颇为滑稽。我被她吓退了一步，向两边望去，发现不知道从哪里冒出来至少七八个流莺，形成了半包围之势，都在招呼着我："小弟弟，到我们店里来！"

"来找我啊！"

"来嘛，跟我上楼……"

几个女人伸手就来拉扯，我身子一矮，闪电般地从她们身边掠过。绕过行人和障碍物，向前跑去。她们大概一下子都傻了：在一切被雾霾笼罩的时代，没几个人敢这么狂奔的。

女人们的惊呼声在身后小了下去，我又不知转到了什么地方。过了两条巷子，我到了一个三岔口，看了看路名，是了，应该就是在这里。我向地上看去，还真发现了一摊干涸的血迹。我的愤怒一下子被点燃了。

前几天，老爸就是在这里遇袭的。

三

我爸是北华化工公司的执行董事，一周前，他代表公司来这一带看望一个受工伤的员工，结果从员工家里出来，还没上车，就在这个路口碰到一个一瘸一拐的流浪汉，可怜巴巴地跟他讨钱，老爸好心掏出了几个硬币，谁料那流浪汉一跃而起，强抢他的钱包。老爸稍有抵

抗，就被他打得鼻青脸肿，鲜血长流，钱包还是被抢走了。老爸想去追，但是大霾中什么都看不到，自己还跌了一跤，摔得浑身是伤。

我爸说，他本来想报警，但是想想便知没有用处，在这座雾霾之城里，特别是这一带，摄像头形同虚设，小规模的扒窃和抢劫多如牛毛。扒手只需要把东西拿到手，然后跑出十来米就安全了，等受害人反应过来，根本连他们的影子都看不到，遑论追赶。还有比这更理想的犯罪场合吗？现在很多地方的摄像头形同虚设，多少杀人强奸的案子都破不了，何况是小小抢劫？老爸说，反正损失也不大，就算了吧，当施舍那些穷人了。

老爸这个人就是太善良，当了大老板也没什么架子，对穷人都特别宽容。但我咽不下这口气，想要惩治一下这些混蛋。正好有了这副神奇的现实恢复眼镜，我就打算利用这件宝物来这里找到那个该死的罪犯，给老爸出口气，如果能把被偷的钱包追回来那就更好了。

我左右张望，看看有没有可疑的流浪汉，但是没有发现。流浪汉倒是也有几个，但是和老爸描述的样子——花白头发（可能是染的）、一瘸一拐（肯定是装的）——都不是特别符合。或许是那家伙改变了装束？

我兜了一大圈，正没头绪，一瞥间，终于在一条巷子里看到一个一瘸一拐的背影，难道就是他？我悄悄跟了上去，心跳加速起来。

果然是个头发花白、衣衫褴褛的半老流浪汉，正提着一个鼓囊囊的麻袋慢吞吞地往前走。我谨慎地和他保持一定距离，听老爸说，这家伙看上去年老体衰，但实际上力气可不小。但下一步怎么办呢？是直接质问他，还是引蛇出洞？或者先打昏他？这我可不敢，再说也没有真凭实据，万一搞错了，可是铁板钉钉的犯罪。

我一时想不到怎么办最妥当，只有轻声蹑步，先跟着他再说，好在那流浪汉根本没发现我。

流浪汉走出了巷口，我正待跟上，智能眼镜的左边镜片忽然发出闪烁的红光，提示有一个目标正在从左侧迅速接近！

我本能地转头，还没看清楚，就被人撞了个满怀。“啊呀！”我忍不住惊叫了一声。

“对不起，你没事吧？”

对面竟站着一个和我年龄差不多的少女，梳着马尾辫，背着书包，穿着一件素朴可爱的粉红色罩衫。长得还算清秀——不过脸的下半部分被有些发黑的廉价口罩挡住了。

我看到是一个小姑娘，放下心来：“哦，我没事，你怎么突然这么跑过来啊？这雾霾里……”

“对不起！”少女又道歉，脸上都是惶急之色，“我……我家里有急事。我妈病得不行了……对不起，我得赶紧去买药……”断断续续说了两句，又飞奔而去。

我怔怔地看了这个古怪少女的背影一会儿，才想到自己的目标，那流浪汉哪里去了？我抬头张望，还好，那家伙没有走远。

那么，究竟怎么对付他呢？我又回到了原来的思路上：或者可以这样，先假装施舍给他一点钱，看他是不是会抢夺，然后嘛……

我仔细思索着，把手摸向口袋里的钱包。

但兜里却什么也没有摸到，钱包和万能手机都不翼而飞，但刚才明明还在啊？

我如梦初醒，向少女消失的方向望去。少女还没走得太远，就在前面百米开外，靠眼镜还看得到她瘦小的背影。我顾不得管那个流浪汉，拔腿就往少女的方向追去。

果然那少女大有问题，刚才还说家里有急事，现在却悠然地放慢脚步走着，似乎还在低头翻看什么东西，多半就是我的钱包了。哼，她自以为甩脱了失主，却想不到自己已经被一双神眼盯上了！

但待我稍微近了点儿，少女好像听到身后的脚步声，回头看来，隔着三五十米，照理她应该看不到我的，但她警觉地从书包里掏出了一个望远镜一样的玩意，放在眼睛上看着，竟然是一部红外线透霾仪！我急忙蹲下，躲在一个臭烘烘的垃圾桶后面。

这丫头还真不简单！

红外线透霾仪是雾霾时代一种常见工具，类似以前的夜视仪，是利用红外线的透视特点透过厚厚的灰霾，辨认肉眼看不到的热源目标，效果远不能和现实恢复眼镜比，但也很实用。只是由于像望远镜一样硕大，不便直接戴在头上，所以往往放在别处或者挂在胸前，需要用的时候再拿过来。

我这才恍然大悟：那个少女刚才一下子撞过来，就是在远处已经用透霾仪观测到了我这个肥羊才扑过来的。看她娴熟的样子，显然已经不是第一次干了。可笑自己这次是来捉强盗，却再次被盗，差点儿栽在这小丫头手上。

不过她也得意不了多久了，今晚等着吃牢饭吧。我恨恨地想。

少女看了几眼，没发现目标，迅速将透霾仪放回到背包里，又把钱包和万能手机也放进去。她没有扔掉钱包，大概因为钱包本身也很精美，值几个钱。万能手机她用什么东西扫了一下，大概是要检查有没有可以定位的信号发射器，确定没有之后才放进包里。然后她转过身，继续向前走去。

我冷笑着，戴上了一个头套，并调整了衣服的设置，顿时整件衣服变成了黯淡的灰黄色，和无处不在的灰霾融为一体，同时也最大限度地隔断了红外线的辐射。像那少女手持的民用型透霾仪，是什么都看不到的。我对她来说，已经 99% 隐形了。

隐身衣也是在雾霾时代才出现的神器，在以前，因为周围背景的颜色千变万化，就算有变色龙的本事也没法完全融入背景，隐去形体，所以只能设法去扭曲光线，在技术上非常困难，科学家研究了几十年也收获寥寥。不过如今到处都是灰霾，只要和霾的色泽保持一致，就能在很大程度上变得几乎不可见，所以隐身衣应运而生。当然现在也是极高端罕见的产品，是我求了半天，老爸才买给我的。

有现实恢复眼镜和隐身衣，在这些“社会渣滓”面前，我就有了超级英雄一样的异能，就算不能把这些害人的惯犯一网打尽，要报一箭之仇也是易如反掌。

我心中冷笑，跟上了少女。

四

少女机警地拐了几个弯，从若干流浪汉模样的人身边经过，有些还和她简单地打招呼，看来这个未成年女孩在这里“上班”也不是一天两天了。我警惕地盯着她，注意看她是否把赃物交给他人转手，但并没有这样的迹象。我放了一点儿心，看来这女孩是自己一个人作案，要是把我的财物交给某个满脸横肉的大汉，我就算有这些高级装备，也不一定能对付得了。

我本来是出来抓贼的，钱包里只有寥寥一两百元，其他的卡她用不了，带的万能手机也是半新不旧的一款，而且只要指纹不匹配，不仅无法使用，而且内部资料会自动删除，少女什么也得不到。所以我并不急于取回自己的财物，却如猫捉老鼠一样跟在女孩背后二三十米外，享受着这种捕猎的快意。

我穿的是一双运动鞋，又刻意放轻了脚步声，但也不可能没有一点儿声音。少女中间又好像发现了有些不对，警觉地回头看了几次，但无论是用肉眼还是透霾仪都没有看到我。我心里得意极了，感觉自己像是在从世界之上的另一个维度俯视这个自作聪明的小偷。

她转了一大圈，又回到了刚才的路口，张望了一下，确认我已经“走了”（其实就在她背后），她明显松了口气。然后从几块垫脚的砖石上爬上一堵矮墙，在那里找了个位置坐下，取出透霾仪，像一只猫一样警惕地观察着四周的动静。

显然，这里是她的工作岗位，她对这一带的地形和路况非常熟悉。在雾霾时代，即使是扒手和劫匪，主要活动范围也被大大限制了，谁也不想在慌不择路脱逃的时候撞到墙上或者掉进沟里，虽说有透霾仪，也不方便随时取出来查看，所以最好是选择熟悉的地方下手，以便尽快逃到安全的地点。

这丫头一定是发现从我身上捞不到多少油水，所以回来想再干一票吧。我想。

我贴着矮墙，慢慢地从底下接近她，最后离她还不到三米。我又怀着兴奋等了一会儿，冷笑着收网了。

我轻轻转动了一圈衣扣，取消了隐身设置，刹那间，身影从霾色完全显现出来，就像用魔法变出来的精灵。“看你往哪里跑！”我怒吼着，一把抓住还没有回过神来的少女的脚踝。

少女不明所以地大声尖叫，被我拽了下来。

我从没有和女孩有过如此的亲密接触，被她的叫声吓了一跳，一时心虚，倒好像自己在干什么见不得人的事，慌张中竟又放开了她。不过很快回过神来，一手抓住她的牛仔背包：“总算逮到你了！走，跟我去派出所！”

“你拉着我干什么？耍流氓啊，快放手！”少女强自镇定地呵斥。

“别装！你偷了我的钱包！还有万能手机。”

“我偷你！？你哪只眼睛看到的？”

“两只眼睛都看到了！东西就在这包里！去派出所一看就知道！

估计你也不是第一次进去了吧？”

少女气焰全消，垂头不语了。

“走啊！”

“不要……”少女忽然好像丧失了所有的力气，娇怯怯地说，“你……你放过我好不好……只要你放过我，要我干什么都可以的……”

“胡说什么呢，走！”

“你别抓我……我是被逼无奈……”少女的眼里开始泛起泪花，“其实……其实是我妈得了肺癌，又没钱治病……”

我将信将疑，冷哼一声，不予理睬。

“真的……”少女忙郑重地强调，“我这里有她的病历，还有药，就在书包里，我给你看……求你放我一马，我妈在家里病得不行了，还等我照顾呢……如果你抓我走……她真的会死的……”

伴着她的哀求，一行泪水从她眼角流下来。

我听她说得确凿，不由心一软，松开了手，心想反正她也跑不了。对少女说：“把包拿下来，你别动，我来检查。”

少女乖乖地取下背包，递给我，肩膀抽动，还在不停抽噎着。

我拉开背包的拉链，没看到什么病历，却看到一个黑洞洞的圆筒对着自己。我还没有搞明白那是什么，只听一声巨响，同时感到面颊一热，一股大力袭来，就好像有人打了我一拳一样，连眼镜也飞了出去。

我向后一仰，险些摔倒，那背包也掉在地上。我好不容易才站稳脚跟，只觉得眼冒金星，脸上的剧痛隔了片刻才传来，火辣辣的，让我双目流泪。我抚着面颊，定睛一看，面前只有一片灰霾，死丫头早已逃得无影无踪。

我暂时也顾不上那可恶的女人，低头在地上摸索起自己的眼镜来。

这件宝贝如果摔坏了，那就损失大了。

我没摸到眼镜，却看到了背包，刚才打我的那个圆筒从里面滚了出来。我总算认出来，那是一种叫“防狼气拳”的防身利器。

在雾霾时代，人的口、鼻和眼睛往往都有面罩保护，女孩子以前用的防狼喷雾效用大减，取而代之的是一种可以令压缩空气喷出以产生微型冲击波的圆筒，喷到人的身体上，效果和重拳无异，所以叫防狼气拳。那少女要么有防狼气拳的遥控器，要么进行了某种设置，让我一打开拉链，防狼气拳就自动出击。

我真是太幼稚了，怎么会上这个当！

我懊恼不已，将那防狼气拳扔到一边，先去找眼镜，费了老大功夫，总算在几米外的地上摸到了。戴上去一看，谢天谢地，这东西倒没受太大的损害，还能正常工作，但环顾四周，几条街巷里早已不见少女的身影。我颇感沮丧，不过少女的背包还在自己手上，想必是少女仓皇逃走，连自己的包也不及管。我自嘲地想，虽然让俘虏跑了，不过总算得到了一个“战利品”，也算是一种安慰吧。

我研究了一下那个背包，原来内有乾坤。打开拉链的那一层只装了防狼气拳，真正的主体部分在下面一层，除了我的东西外，另外还有两三个钱包、一部相机、几本病历和药瓶、几百块钱，以及三四个名字各不相同的身份证和学生证，大概是少女用来行骗的工具。另外居然还有几本流行的漫画书。

然后在包的最底下，还有件什么东西……

我又惊愕地瞪大了眼睛。

五

她怎么会有这个？这不可能啊，必须找到那个女贼问清楚！

我脑子里乱糟糟地想，但是她在哪里？我手上只有一个背包，里面也没什么真实资料。怎么可能再找到她？难道注定让她就此脱身？

慢着，包里这些乱七八糟的东西多少还值几个钱，或者有别的用处。刚才那个少女并没有发现我真正的本事，或许她觉得只是我碰巧在她视野的死角里，才能抓住她，也许我还可以再引她上钩……

我略一思忖，便想到一个新的主意。为防她在一旁偷窥，我把戏做足，先表现出不耐的样子胡乱翻了几下，把自己的钱包和万能手机拿回来后，就把背包扔在地上，还愤怒地踩了几脚，踩得脏兮兮的，然后一脚踢到路边。这样一来，其他人只会觉得这个背包是丢弃的废物，除了捡垃圾的不会有人感兴趣。但那个少女应该还是会回来找的。

但愿如此。

我又故作愤怒地骂骂咧咧了几句，什么“别让我再看到你”“下次一定让你坐牢”之类，然后扬长而去。当然不是真的离开，拐过几个弯之后，我重新隐形，然后潜回离那路口不远的地方，找了一个角落守株待兔起来。

我等了十来分钟，中间有不少行人经过，但都没向那个脏兮兮的背包看上一眼，大概根本没看到。而那少女始终没有出现。我觉得自己可能判断失误，那鬼丫头不会回来了，而且，或许是在这重霾区待久了，我嗓子发痒，呼吸也不通畅起来。

我刚想离去，却看到少女小巧的身影再次从街道尽头出现，像猫一样蹑行过来。

我兴奋得想拍一下大腿，又怕发出声响，缩回了手，屏息观察着少女的动静。

少女比刚才还要警惕多了，走近几步，用透霾仪观察一阵，然后再走近几步，等到确定没有可疑目标了，才继续向目的地前进——这种防范对用高科技武装起来的我自然毫无用处。

少女终于回到路口，捡起了背包。我以为她会再检视一下，但少女毫不犹豫地转身就走，显然是怕再出什么意外。

我想拔腿追上去，但跑了几步，却脚步虚浮，踉跄着站不稳，头脑也昏沉起来。

这是怎么回事？难道……我不明所以地摸向自己的口罩，才发现上面有一道细细的裂纹。我猛然明白过来，这是被防狼气拳打出来的。

我戴的这种口罩是顶尖的产品，轻薄透明，看上去只是一张若有若无的玻璃膜，紧贴在口鼻周围，不仔细看和没戴差不多。但它却是用精细的碳纳米管材料制成的，只允许空气分子通过，能够拦截几乎一切悬浮颗粒。像少女所戴的那种普通口罩大约可以防 95% 左右的霾尘，高级一点儿的防毒过滤口罩可以防 99.9% 以上，但我用的超薄纳米口罩，一亿个悬浮粒子也进不来一个，而且不会觉得不透风。

这种纳米口罩堪称完美，但唯一的缺点是比较脆弱易破。当然并不至于动辄就会破裂，我戴这种口罩好几年也没破过，但它仍然承受不住防狼气拳之类的巨大冲击。

暴露在毒霾中对健康有多大的损害我心知肚明，想起小时候某次不幸的遭遇，我顾不上再管那少女，急忙摘掉口罩，从贴身衣袋里取出备用口罩换上。本来可以暂时先套在外面破损的口罩上，但我在慌乱中没想到这个问题，而是先把原来的口罩扯下来，扔到一边。脸颊一暴露出来，上面也没涂防霾油，顿时感到热烘烘的霾尘喷到自己脸上，带着说不出的难闻气味，就像是千万头恐龙的臭屁汇聚而成。

我死死屏住呼吸，拆开包装，把新口罩套在脸上，这种口罩如果放对了可以自动吸附在皮肤上，非常便捷，但怎么放也找不准位置。我强忍着憋闷，把那口罩拿到眼前仔细检视，才发现自己弄反了，把正面当成了反面。这么薄薄一张透明纸，确实不容易分清楚，只有先取下再重新戴上，但胸中已是窒闷无比。

在戴上口罩之前，我实在忍不住憋闷，稍微呼吸了一下，顿时好像有一团火被吸进口鼻里，从鼻腔到肺，整个呼吸道又痛又痒，好像有一百条毛虫在里面爬，我弯下腰剧烈地咳嗽起来，咳了不知多少下，身体剧烈地抖动着，连泪水都咳了出来，同时也吸进了更多的雾霾，头脑越发昏沉起来。

感觉越来越不妙，得赶紧把口罩戴上！我把新口罩贴在自己脸上，用手抚平，但还没贴紧，喉咙里痛痒难当，竟忍不住打了一个大喷嚏，那层轻盈的薄膜被我自己的喷嚏喷了出去，悠悠地在空中打了个转就不见了，我眼里满是泪水，哪里还找得到它？

这回我真正恐慌起来，想打求救电话，但手足无力，刚拿出了万能手机又掉到了地下，偏又落在一个污水坑里，冒出几个气泡，等我捡起来已经黑屏了。超级眼镜倒是也有报警功能，但我刚拿到手，还不会用，捣鼓了几下没调出来。这中间我又吸了好几口气，心跳快如打鼓，脚上酸麻，再也没法站稳，趔趄倒地，身子像只虾米一样蜷缩起来，浑身痉挛。我会……死在这里吗？

我想叫人救我，正好一个行人走过来，却是刚才那我怀疑的老流浪汉。我也顾不了那么多，嘶声叫道："救……咳咳咳……救……我……"

流浪汉吓了一跳，看了我一眼，然后骇然大喊一声："有鬼！有鬼啊！"扔下手中拎着的一串电子产品垃圾，慌不择路地跑了。

我依稀明白过来，我身上穿的隐身衣还没调过来，流浪汉隔着几米看不到我身体，只看到一个脑袋，哪有不害怕的？真是自作孽不可活了。我想关掉隐身衣，意识恍惚中，却又找不到相应的纽扣。

我要死了！我要死了！

我含糊地想，意识越来越混乱，叫也叫不出声，不知什么时候眼镜也脱落了，无尽灰霾压下来，像是一千层厚厚的棉被，压在我头上，让我无法呼吸。我用力拨着，要拨开无尽的阴霾，看到蓝天白云……

但灰霾更深深地逼近、加厚，变成黑暗，吞没了我。

六

我仿佛做了许多梦，梦里似乎看到去世的妈妈在跟我说话，带着我去什么地方，而又消失不见。这些梦如同灰霾一样若有若无，捉摸不定，而又融在一起，将我紧紧包裹，让我无法摆脱，变成恐怖的梦魇。

似乎过了一千年之久，终于，涣散的意识又凝聚起来，我听到了“嗡嗡”的声音，在朦胧中睁开眼睛，发现一对又大又亮的眼睛在盯着我。

那对眼睛是在一张秀丽的面庞上，两边的长发垂在腮边，脸颊上有些雀斑，小巧的鼻子下是轻柔的嘴唇。身上是一件粉红罩衫……

这张脸我从没见过，不知怎么，又有些面熟，好像是刚才见过……

“是你？”我终于想起来，这不是刚才那个小偷少女吗？她居然摘下了口罩，她的口罩呢？

一说话，我才觉得有异，自己的眼睛以下的脸部，罩着某种厚重的东西，呼吸都不顺畅了。我用手摸去，摸到了某种绵软的布料。

“这是你的口罩？”我惊讶地问。这时候我才看到自己在哪里，那是一个狭小的空间，还在微微晃动，两边的玻璃窗把内外分开，好像是一辆出租车。

少女见我醒来了，警惕地向后退去。“你不要想抓我！”她色厉内荏地说。

我还是浑身无力，就算想抓她也不可能，我靠在座位上，喘着气说：“我怎么会在……出租车上？”

“我扶你上来的，”少女还是警觉地和我保持距离，“刚才你都昏迷了。”

“你……是怎么找到我的？”

“刚才我回去的时候就听到动静，但是用透霾仪又看不到人影。我当时吓得跑了，后来听到马大叔叫‘有鬼’，说有个会说话的人头在路边，我觉得蹊跷，就大着胆子回去查看。总算让我看到你躺在那里……你穿的衣服就是传说中的隐形衣吧？”

“对，国外刚开发出来，我爸从德国买给我的。”我说。我忽然想到自己的现实恢复眼镜不见了，不由四下找了起来。少女好像猜到我的心思，把那副墨镜递给我：“你是找这个？”

我点点头，看来女孩并不知道超级眼镜的妙用。我戴上眼镜，看到出租车已经离开了刚才的街区，正在城市的大道上疾驰。我有些奇怪地问：“你带我去哪里？是医院吗？”心中又生出一份警惕：莫非女孩看出我家里有钱，想要劫持我？

少女却问：“你自己难道不知道？”

“我怎么知道？”

少女用奇怪的眼神看着我：“你刚才昏昏沉沉地说什么要去未来大厦。我也没别的办法，就把你拖到路口，打了辆车，带你去未来大厦。看你这样子，到时候都不一定能下车，我只有一起上车了。”

我明白了几分，这仿佛是刚才似梦似醒的场景。我看到前方的远处，一栋高峻的大厦如巨柱般撑着天穹，忽然想了起来：是啊，我要去未来大厦。毕竟，这是我心中最深的记忆之一……

我想说什么，但忍不住又咳嗽起来，我边咳边说："这辆出租车是非过滤型的吧？"

"当然了，便宜嘛。"非过滤出租车是一种老旧车型，开门时内外空气自由流通，外面的灰霾会被带入车里，虽然也有一些净化空气的设备，但效果乏善可陈。经常上下客人还是会有很多霾尘。我即便要打车，绝不会打这种濒临淘汰的车型。

"霾太重了。"我皱着眉头说，虽然隔着口罩，但这种廉价货防护功能太差，我仍然能感到无孔不入的悬浮颗粒在侵袭我的肺部。

"我觉得这里挺好啊，"少女深深吸了一口气，"比外面舒服多了。"

我一惊："你不会在外面就把口罩给我了吧？"

"不给你，你早就死了。"少女白了我一眼，"这口罩虽然比你的差远了，多少能防着点儿。"

我忽然有些羞愧，戴着人家女孩的口罩还嫌东嫌西的，我把手伸向耳边，要把口罩摘下来给她，但少女阻止了我："别逞强，你自己戴着吧，你和我们这种人不一样，一点点灰霾都受不了的。你这种病我在报上看到过，叫什么灰霾综合征，一吸进霾就受不了，就是那些从来没有接触到外面空气的有钱人才会得的。"

我无从反驳，只能承认："我确实几乎没呼吸过外面的空气，实在很难适应。"

"毛病真多。我们虽然也戴口罩，但也经常几个小时不戴，都习惯了。"少女不以为意地说。我惊诧地看了她一眼，我实在无法想象几个小时在灰霾中呼吸的感受，对我来说，那和把我扔进粪坑里差不多。

"这样对身体不好。"我说，"容易得肺癌，一定要小心，你妈不就是得肺癌——"

我说了一半才想起来，那不是少女扯的谎吗？我怎么那么傻？

少女却满不在乎地点头：“嗯，我妈是得了肺癌，不过她五年前就死了，才四十岁多一点。我们那片很多人都这样的，肺癌啦，咽喉癌啦，或者什么见鬼的血液病。”

“现在不是已经有治疗癌症的技术了吗？什么纳米机器疗法……”

“那是你们有钱人，”少女冷笑道，“我们家也没钱用那种疗法，只能做化疗，屁用不顶，没两个月就……”

“对不起。”我为触动少女的痛苦记忆而道歉，“其实我妈妈也是……”

“你妈妈？”

“我妈妈也去世了……”我说。其实妈妈是三年前去太空城旅游时出的意外，虽然对我来说一样痛苦，但处境毕竟没法和少女的母亲相比。

少女也没多问，别过脸去，一副不想说话的样子，车厢里陷入了一片尴尬的沉默。

还好片刻后车停了。

计价器上打出价格，四十八块。我想掏钱，少女却掏出一张交通卡刷了一下。我有些过意不去，说：“哎，还是我来吧。”说着去掏钱包。

少女一笑，将卡放回钱包里，然后一起扔给我：“傻瓜，本来就是你的卡。”

我没想到自己的钱包又到了少女手上，不由一怔。少女似乎也有些心虚，抢白说：“喂喂，我可是为了帮你付钱，那时候你昏昏沉沉的，我得看你有没有钱付车费……你还要抓我吗？”

她忙开门下车，一副随时要逃之夭夭的样子。我忙道：“你救了我一命，我谢你还来不及，怎么会再抓你？”

少女点点头：“就是嘛，你可不能恩将仇报！”

恩将仇报？这时候我想起来，自己的口罩就是被那少女的防狼气拳打破的，再说也是她先偷我东西，说来这女孩是罪魁祸首，就算良心发现帮了自己一把，充其量是互不亏欠，自己又为什么要感激她?真是的。

不过我心中敌意已消，也的确没有再将那少女绳之以法的念头了。

少女好像也想到我的昏倒或许和自己脱不了干系，眼珠一转，说:“好了，你也没事了。东西也还给你了，那我走了啊。”转身就要离去。

“哎！”我忙叫住她。

“嗯？”

“你没有口罩啊，这怎么行？”我说。“这样，你跟我进去，里面有商场，我买一个口罩送给你。”

“不用了，这么点灰尘，没事的。”

“应该的，”我坚持，“算我给你的一点儿谢礼。”

少女想了想，犹豫着点了点头。

七

我们走进未来大厦，大厦内部到处安装了先进的空气净化器，经过三四层过滤，内部空气自成循环，和外部完全隔绝开来，空气极为洁净，含氧量高，还带着玫瑰的淡淡清香。我急不可耐地摘下肮脏的口罩，在这里总算可以自在呼吸了。

少女一边也贪婪地呼吸着，一边却皱着眉头，抚摸着脖颈。我问:“你怎么了？”

“没什么，”少女不好意思地说，“只是有点儿不适应，感觉喉咙痒……大概我对干净空气也过敏了……”说着做了一个鬼脸。

“多呼吸呼吸干净空气就好了，”我说，“其实你为什么不到这里来……嗯……”我不知道怎么措辞。

“到这里来‘干活’？”少女明白了我的意思，“那可不行，这里到处都是摄像头和智能安保系统，管得严着呢。再说也没有雾霾的掩护啊。”

“是这样……”

少女似也有些尴尬，掩饰地四下张望：“对了，你刚才一定要到未来大厦来，就是因为这里有洁净空气？不过很多商厦都有吧？”

“不是……”我一时不知从何说起。

“那是什么？”

“你要知道的话，待一会儿我告诉你……”

我们在超市里看了看口罩，这里没有我用的纳米纤维口罩，我只好拿了两包一般的超薄碳素口罩。但少女一看价钱就吓了一跳：“两千八百块一包？太贵了吧！我平常用的都是二三十块的。”

“钱是次要的，自己健康的事，花再多钱也值得。”我拿出老爸的口头禅对少女说。

“那个……是你出钱吧？”少女还不放心，“我可没钱。”

“当然了。”我啼笑皆非，“你怕我不付钱吗？”

少女幽幽叹了口气：“还是有钱好……五六千块都不当回事，我弟弟的学费也就差五千块钱……”

我疑惑地看着她。

“这次我说的是真的！”少女以为我还在怀疑，辩解说，“我爸早不要我们了，我妈死了以后，我和弟弟只有跟着舅舅，他也不管我们。我去年就辍学了。我弟弟初中毕业，成绩很好，可现在教育私有化，上高中都读不起，所以我只好去……你还是不信我，是不是？”

我的胸中忽然涌上一股温柔，仿佛面前这个女孩正等待我的拯救。我挺了挺胸膛：“我信你。如果你缺钱的话，也许我可以帮你……”

“不要。”少女想也不想就摇头说。

“没关系的，对我只是小数目。”

“不是多少的问题，我可不想要别人施舍我。”

“你宁愿去……拿别人的，也不愿意别人给你钱？”我没法理解。

“那当然了，一个是自己劳动所得，一个是别人可怜你才给的，当然不一样。我可不想被人施舍！”少女骄傲地说。

我一时无话可说。

八

经过一个下午，我们两个人都饿得不行，所以一从超市出来，就去大厦里的美食广场吃东西。我不想让少女太不自在，所以选了一家中低档的餐馆。不过看来是白担心，少女并没有什么局促，两碗番茄肉酱浇意大利粉都吃了个底朝天。叫的两块奶酪培根比萨也吃得差不多，大杯可乐喝得只剩下冰块，少女满意地拍拍肚子，打了个颇不文雅的饱嗝。

“其实我干的，也算是劫富济贫吧。”少女接着刚才的话题说，“你想，到我们那地方去的人，没几个好东西，像那些脑满肠肥的男人，不拿他们的钱拿谁的？”

“那我呢？干吗对我下手？”我忍不住抗议。

“你白白净净的一个公子哥儿，到那里去干什么？准没好事。”少女吃吃笑着，“那里虽然地方差点儿，可有不少漂亮姑娘……”

“胡说！我是去……去……”我心中猛然笼上一阵阴霾，竟无法说出口。

那件东西……怎么会在她这里呢……

“去干什么，老实交代！”少女笑着喝问，厮混了一阵子，她和我也毫不拘礼起来。

“对了，”我岔开话题问，“我在你背包里找到一个稀奇的东西，你从哪里搞来的？”

我从里兜里掏出一个铜制的打火机，上面有一枚精致的浮雕。递给少女，感到自己的心扑通扑通地跳个不停。

“这个打火机啊……”少女不以为意，“是我从一个有钱佬那里偷来的，我觉得挺好看的，所以就留下来了，有什么稀奇的？”

“那个浮雕，”我觉得自己额头冒汗，“你不认识吧，那是列支敦士登的徽章。这种打火机是当地特产，国内很少见的。”

“列支敦士登是什么？”

“是……是一个欧洲国家。”

“欧洲哪里？在加拿大那边？”

“加拿大……差不多吧。”我也解释不过来。

“那也没什么稀奇的，一个打火机，你喜欢就给你好了……”少女说，忽然扑哧一笑，“不过想到那个大叔倒是蛮好玩的。”

“哪个……大叔？”我涩涩地问，觉得自己嗓子发干。

“就是上个礼拜碰到一个大叔，”少女扬扬得意地说，“四五十岁，有点秃头，戴的口罩和你差不多，看上去挺有钱，不过色眯眯的，在路上看到我就过来搭讪，问我‘做不做’，我说我不干那个，要找女人那边好多呢。他就说那些女人都太老，他就看上我了，多少钱都可以啊什么什么的。我看他像是挺有钱的，就答应了……”

“你答应了！？”我大叫一声。

“你那么激动干吗？听我说完嘛，我当然是骗他的。他要带我上车，说去他的别墅，我可不敢去。我说，去别的地方我不放心，我们就在墙边上吧，反正有雾霾，外面也看不见。他犹豫了一下，就答应了，

我把他带到那个路口的墙角，然后让他抱了一下，就悄悄把他的钱包、手机什么的都掏出来了，还有这个打火机。那个大叔一点儿没察觉出来，还在说些肉麻的恶心话。然后我就让他脱裤子，刚脱了一半的时候，我下面给了他一脚，他'哎哟'一声，疼得弯下腰。我转身就跑，他还想追，可是裤子脱了一半，迈不动腿，结果在地下摔了个狗啃屎，哼哼唧唧，鼻血流了一地，笑死我了……你怎么了？"她疑惑地看着脸色灰白的我。

"原来……原来是这么回事……"我喃喃说，猛然神经质地大笑起来。

"哈哈哈……那个大叔……那个猥琐的大叔……"我笑得喘不过气来。

餐馆的人都抬头盯着我们看，少女窘迫地拉着我："你笑什么啊？有那么好笑吗？"

"……是我爸。"

少女一下子傻眼了。

我直勾勾地看着她，木木地说："你说，还有比这更好笑的吗？"

少女张口结舌，结结巴巴了半天才问："你……你怎么知道是你爸？就因为那个打火机？"

我低声说："那种打火机不仅很贵，而且只有列支敦士登才能买到。我爸在那边好不容易买到一个，爱不释手，每天带着。"

"可是再怎么说，有这个打火机的也未必是你爸一个人……"

"不只是打火机，"我盯着桌子下面，慢吞吞地说，"我爸那天确实出事了，回家时鼻青脸肿的，告诉我们说他被人抢了。当然，过程和你说的完全不同……"

我把事情大略讲了一遍，然后苦笑："我说嘛，怪不得我爸死活不让我报警，我想好歹死马当活马医，为什么不让报警呢，原来……原来……我真是太蠢了。"

“原来你是想抓住那个抢钱包的，替你老爸出口气。”

“我还以为自己在行侠仗义呢，想不到是这么回事，我还搞得那么糗……”

“你太单纯了，”少女摇摇头，“以为有件隐身衣就可以包打天下？外面的世界可没那么简单。”

我无言以对，心烦意乱，扭头默默望向窗外。从几百米的空中望去，暮色中的城市高楼林立，灯火辉煌。这是我生于兹长于兹的故乡，但今天看上去，却是一座全然陌生的森林。生平第一次，我看见了这个城市的许多真实的一面，但却不是通过神奇的现实恢复眼镜，而是通过讨厌的雾霾本身……

我心烦意乱地叹了口气，将墨镜摘下来，放在桌上。眼前的高楼广厦便被一片昏黄的云团所取代。

九

少女好像也觉得气氛尴尬，指着桌上的墨镜岔开话题：“你这副墨镜好奇怪啊，这是那种可以显示街景地图的眼镜吧？我看到电视里有广告。”

“不，”我说，“和那个还不太一样……你戴上看看就知道了。”

少女好奇地戴上眼镜，我清晰地听到她发出倒抽一口冷气的声音。少女不敢相信地望着窗外，嘴巴张得半圆，却一句话也说不出来。

“这……这是……”

她把眼镜摘下来看看，然后又戴上去。然后又摘下，再戴上。直到确定这绝非错觉。

“这究竟是什么啊？怎么会……”

“这是现实恢复眼镜，”我解释说，心里还是一团乱麻，“是通过微弱的光线、红外线以及分布在城市中的几万个传感器搜集的实时更新信息，通过智能算法恢复没有雾霾时的样子……”

“你是说，我刚才看到的是城市本身的样子？”

“是啊。”

“太奇妙了！”少女欢呼着，“就是说就是说，用副眼镜能够看到整座城市喽？”少女雀跃地问。

“是的，不过这里还不够高，要看到城市的全貌，得去楼顶才行。”

“那我们去楼顶看，好不好？”

我也略有了点儿精神：“好啊，反正我每次来未来大厦都要去的。”

我们一起走出餐厅，穿过走廊，进了一部电梯。我按了最高的一层。电梯慢慢地向上升去。当然，绝对速度其实不慢，但要升到近两千米高的顶端，还需要一段时间。

电梯里只有我们两个人，少女仔细研究着那副神奇的眼镜，我让自己鼓起勇气说：“那个……对不起……”

“嗯？”

“我爸的事……”

“别傻了，”少女撇撇嘴，“又不关你的事。再说，你爸也没占到我什么便宜，倒是我拿了他不少东西。”

“真想不到我爸……他平常是那么……那么……”

“没啥奇怪的，有钱人嘛，很多都……”少女说了半句话，好像觉得不太妥当，勉强把后面难听的内容吞了回去。

一阵尴尬的静默后，我的泪水终于不争气地流了下来。

少女发现了我的异样：“哎呀，你怎么哭了，你爸又不是你！好了好了，像个男子汉。”她甚至老成地搂着我的肩膀。

我不好意思地抹了抹眼角的泪水，盯着显示屏上跳动的楼层数字，设法转移自己的注意力："那个，你知道我下午昏迷的时候为什么会说来未来大厦吗？"

"是啊，为什么？"

"小时候家里管得很严，很少出室外，也从来没接触过外面的灰霾。每天无论在家里还是外面的游乐场、学前班，都是和霾尘隔离开来的。只有一次，大概五六岁的时候，我特别想知道外面是怎么样的，那层雾霾后面有什么东西。所以偷偷跑出去了，也没戴口罩。"

"那你能受得了？"

"当然受不了，走出门外没几步就觉得很难受，然后晕倒了，和今天有点儿类似。不过家里人很快发现，大概一两分钟就把我抱回去了。"

"那应该没什么事吧？"

"生理上是没事，可是心理上，怎么说呢，我开始有一种特别压抑的感觉，好像整个世界一下子变得危险了，到处都是令人窒息的霾尘，走到哪里都无法摆脱，随时会侵入我的身体里，让我无法呼吸。这是一种心理上的霾尘恐惧吧，这种心理病好像也挺常见的。我们住的地方就好像霾尘中的一个个孤岛。"

"这是你们有钱人才得的富贵病。"少女讥讽道。

"或许吧，反正我那段时间特别害怕，根本不敢出门，晚上经常做噩梦，每天都吃不下饭，总觉得呼吸不过来。后来我妈发现了我的问题，看了心理医生以后，就带我来了未来大厦，我们像今天这样，坐电梯到了楼顶，我的病奇迹般地就治愈了。所以以后每次觉得压抑，都会想来这里。"

"可未来大厦究竟是怎么治愈你的呢？"

"待会儿你就知道了。"

电梯到达最高一层后停下了，门向两边分开。我向外走，少女也跟我走了出来。

“你不戴口罩？”她问我。

“在楼顶上不用。”

刚推开楼顶的门，一阵狂风就迎面而来，两人的衣襟都猎猎作响。少女长发飘扬起来，差点儿都没站稳，忍不住嘟囔道：“风好大啊。”

“这里太高了，”我回头说，“所以经常刮大风，一般游客只有在没风的时候才上来，今天应该没什么人……”

果然，偌大的观光平台上一个人也没有。我们走到楼顶边缘，向下看去，夜色四合，偌大的城市就在我们脚下，一片巨大的灰云笼罩在上面，仿佛一只栖息在窝里的怪兽。

那是这座雾霾都市的全貌，未来大厦是本市唯一一座挺立在雾霾之上的高楼。在以前是鸟瞰全城的绝佳之地，但自从城市被灰霾笼罩后，各个方向都是灰蒙蒙的一片，来这里观景的人也少多了。

少女急不可耐地戴上现实恢复眼镜，向外张望。一霎间，她眼中迸射出惊喜的光彩。我知道，在少女眼中，雾霾已经散尽，一座灯火璀璨、流光炫彩的都市完全呈现在她的眼底，想必一切都美得令人呼吸不过来。

少女仿佛初次来到人间的婴儿，贪婪地看着眼底的一切。等从一开始的震撼中恢复过来之后，她就指指点点，叽叽喳喳地说：

“你看你看，那座高楼是航天大厦吧……那条最醒目的大街一定是中山路了，原来看上去是这样的……还有那边就是我们刚才来的地方呀……”

她说了半天，才想起来我没有眼镜，不好意思地笑了笑，又把眼镜递给我。我戴上眼镜，一片光的绚丽海洋便映入眼帘，我惊喜地四下张望，欣赏着美不胜收的城市，心中的阴霾也渐渐散去。

就这样，我们分享着同一副眼镜，贪婪地看着这座我们共同生活的城市。

“哎，那是月亮湾吧？那条是不是彩虹大道？”

“对的，你看那边应该是中心广场……那边是跨河大桥……要不要看看我家，不过得转到那边才看得到……”

“你看那栋大厦是什么？上面有一个发光的尖顶。”

“哪栋大厦？你让我看看。”

“等下，我还没看够呢……”

“喂，你都看了半天了，”我不假思索地说，“这是我的！”

这句话毁了一切。少女的笑容从她的脸上消逝得无影无踪，欢声笑语也戛然而止。融洽的气氛荡然无存，本来贴近的距离仿佛再次被不可见的雾霾隔开。

她一言不发地摘下眼镜，塞给我，转身就走。

“等等！”我叫住她，“你怎么了？”

“我走了。”少女没有停步，头也不回地抛下一句话。

“喂，你究竟怎么了？”我一头雾水地追上去，拉住她的衣袖。

少女站住了。转过身，冷冷地说：“我恨你们。”

十

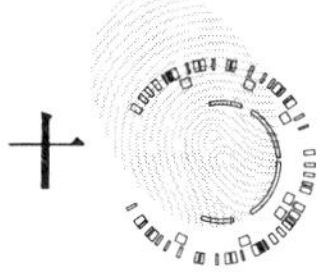

“为……为什么？”我结结巴巴地问。

“也许不该这么说……”少女的声音微微发颤，“但我没法控制自己，因为这是你的。一切都是你们的，我们什么都没有。”

“就为这个生气吗？如果你要的话，这副眼镜我可以送给你……”

“你什么都不懂！”少女大吼。

“我当然知道，有钱人的生活和我们不一样。但今天我才真正感到，我们生活在两个完全不同的世界里。你们的口罩薄得就跟没有一样，却没有一粒尘埃能进去；我们戴着厚重的口罩，透不过气，却挡不住那些微小的颗粒；你们只要戴上那种眼镜，就连看都不用看到雾霾，我们就算买到了红外线透霾仪之类的东西，也还是无时无刻不被霾尘包围，渗进皮肤，渗入血管……

“当然，这些我以前也不是一无所知，但是今天，我第一次亲眼看到了你们的世界。我才发现，你们根本生活在一个不存在雾霾的世界里！夺走了我妈妈生命的魔鬼，对你们来说和不存在一样。”

“也不是这样……”我想辩驳，却没什么话说。虽然现实恢复眼镜只是新产品，但是想必不久后本市的富裕阶层会人手一副，而至少很长时间内像少女那样的底层人群是负担不起的。同样还有两万元一副、还需要三个月更换一次的透明纳米口罩。至于家里的防护罩和空气净化设备就更不用说了……根本上少女说得没错，我们的世界早就分开了。

“清洁的空气，美丽的街景，丰富多彩的都市生活，这些都是你们的。而属于我们的只有那些有毒的尘霾。多么不公平啊，几十年前，是你们有钱人把这座城市，不，全国大小城市都变成这副模样的，而今天你们却不用生活在这里面！一切都要我们穷人买单！甚至让我们看一眼本来的世界，都是你们的施舍！”

“不是这样的。”我忍不住辩解，“尘霾现象是工业化进程和社会转型带来的问题，不是哪个阶层的责任。政府也出台过很多政策遏制尘霾，但是由于私家车的急剧增多，以及新矿石能源的出现……”

“得了吧！”少女冷冷地打断了我，“别背那些教科书上的陈词滥调了！你去下面问问，人人都知道怎么回事！有钱人为了降低生产成本，赚最多的钱，不肯改善排污设施，也拼命生产那些冒黑烟的劣质车，反正这些问题都会转嫁给穷人。等到问题真正严峻，尘霾终年不散的时候，或许也有人试过阻止，但是为时已晚。从那以后，你们就开始开发那些高级口罩和眼镜用来自保了，反正也不用管我们的死活嘛。

“书上说全国人口的平均寿命是八十岁，其实，是有钱人一百二三十岁，穷人五六十岁而已，很多人还根本活不到这个岁数。即便是年轻人，也经常咳嗽胸闷，一大半人都生活在亚健康状态里，大家根本不知道什么时候就会得上癌症或者白血病，反正都是得过且过，所以也无心去奋斗。再说，生活在不见天日的雾霾之中，那种压抑和烦躁每天积累下来，对心理的影响要远远超过你的恐惧症了。”

“你听我说……”我想说什么，却被激动的少女打断了，她一口气说下去：

“是啊，我是人人不齿的小偷，你是一个清白的好孩子。你送给我口罩，请我吃东西，按理我应该感激你的。但是是谁让我走到这一步的？我不知道。我以前的伙伴，除了个别运气好的可以改变自己的命运，其他人大都学坏了，不是去坑蒙拐骗，就是去干更丢人的勾当……当然，不能说全然是被迫的，也有许多人自甘堕落……但这就像你们生活在蓝天白云下，我们生活在雾霾中一样，我们被肮脏的生活紧紧包围着，无法脱身，你明白吗？

“我不想这样生活！不想！但是我根本没法摆脱，也看不到这样的生活有什么前景，所以我只能恨你们……”

“算了，”少女看了茫然的我一眼，“这种事你没法理解的。我们本来就生活在两个不同的世界里，永远也没法相互理解。”

说完，她转身走向电梯。我呆立在那里，一时无力再说什么，只能就这样呆呆地看着她离去。

少女没有等电梯，而是从楼梯口下去了，再也没有回过头。

我这才想起来，还不知道她的名字。

十一

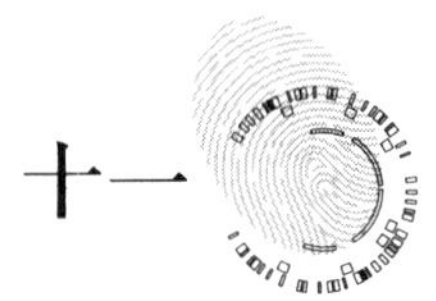

楼顶平台上只剩下了我一个人的身影。对着光彩璀璨的都市，我却再也没有观赏的心情。

我没有再戴上现实恢复眼镜，仰头望向天空。虽然有一些城市的光污染，但在两千米的高空，稀疏的群星仍在深蓝色的夜幕中露出头来，在刮过天空的寒风中闪烁着，如在无声地低语。

遥远的星辰，穿过千百光年，将清冷的光辉投向灰幕下的城市。

“孩子，不要害怕，那些雾霾不是世界的全部，只是地上薄薄的飞尘。那些永恒的星星，远在雾霾之上，从无限的宇宙里，俯视着我们的世界。不管你看得见，还是看不见，它们都在那里，凝视着、安慰着、保佑着所有的人。”

我想起了童年时妈妈对我说过的话，泪水渐渐模糊了我的眼眶。

我们在同一片星空下，但少女却看不到那些星星。那些星星能给她以生命的慰藉，正如曾给我的一样吗？或许很难，很难……

无论如何，我要告诉她那些星星的故事。告诉她雾霾只是一时一地的，不是生活的全部，在那上面，还有无限的空间。在那里没有什么能遮挡我们的视线，我们可以用自己的眼睛，看到整个宇宙，看到千万光年外的点点光辉。

我想告诉她，我们有一个共同的世界。

我最后深深呼吸了一口清冷的空气，转身向楼梯口追去。